本宮仁美
Hitomi Motomiya
水原智佳
Chika Mizuhara
水原真維
Mai Mizuhara
illustration©HIYOHIYO

看護しちゃうぞ♥
見習いナースは同級生

河里一伸

illustration© ひよひよ

美少女文庫
FRANCE SHOIN

きっかけ 可愛い彼女に突き落とされて

晩秋の気配がいちだんと濃くなりはじめた、十一月のある朝。

私立《しりつ》聖凜《せいりん》学園《がくえん》高等部《こうとうぶ》の普通科二年生の羽《は》澄《ずみ》翔太《しょうた》は、小走りに校舎の階段をおりていた。すでに始業のチャイムが鳴っているため、廊下に人影はない。

中年の日本史教師に、資料をコピーして持ってくるように命じられたためとはいえ、四階の教室と二階の社会科準備室を往復するのは面倒だ。

「まったくなぁ。あの先生、いっつも俺に用を押しつけやがって。授業の資料くらい、自分で用意して持ってこいっつーの」

翔太が文句を言いながら、三階と二階の間にある踊り場に差しかかろうとした途端、目の前に立ちふさがるように人影が現われた。

「うわっ」

ビックリして声をあげたが、どうせ誰もいないと思って油断していたことと小走りだったことが重なって、急にとまることができない。

向こうも、プリントの束を抱えていて、少年の存在にまったく気づいていなかったらしく、「えっ!?」と驚きの声をあげて上を見る。

その瞬間に、少年はほぼ正面から相手に思いきりぶつかってしまった。

向こうが階段をのぼろうとしていたのに対し、翔太は駆けおりていた。当然、少年のほうが勢いあまって、相手を押し倒すような形になってしまった。

柔らかな感触を挟んで、ドスンと踊り場に倒れる感覚と、「キャッ」という甲高《かんだか》い悲鳴が耳に飛びこんできた。合わせて、なにかが床にバサバサと落ちる音がする。

相手の体に顔を埋《うず》める形になったのだろう、目の前が真っ暗でなにが起きたかよくわからない。

(誰にぶつかったんだろう? ん～……なんだか、すごく柔らかくて弾力のあるものに、俺の顔が挟まれて……)

「いったーい。もう、背中とお尻、思いっきりぶつけちゃったー!」

不意に、翔太の頭のほうから女の子の声がした。

一瞬の出来事だったので、はっきりわからなかったが、どうやら少年がぶつかったのは女子生徒だったらしい。

（えっと……女の子の、柔らかくて弾力のあるふくらみと言えば？）

恐るおそる顔をあげてみると、下にいる少女とちょうど視線が合った。

それはロングヘアが印象的な、スラリとしたなかなかの美少女だった。制服のリボン・タイの色から見て、どうやら翔太と同学年らしい。

あたりに散らばったのは、「看護医学」云々《うんぬん》というプリント類だ。おそらく、教師に用を言いつけられた少年と同様に、プリントの束を教室に運ぶ途中だったのだろう。

聖凜学園の高等部は「聖凜学園都市」のなかにあり、翔太がいる普通科の他に、「看護科」と「医療科」が設けられている。ただし、普通科では看護医学などやらないし、医療科は男子が圧倒的に多いので、少女が看護科の生徒なのはほぼ間違いない。

いや、今はそれよりも最大の問題は、少年の顔の位置がちょうど彼女の胸のところにあることだった。

（もしかして……いや、もしかしなくても俺が顔を埋めていたのは、この子のオッパイの谷間？）

少女のバストはかなり大きいらしく、あお向けに倒れていても充分なボリュームがあることがはっきりわかる。実際、顔を埋めてしまったとき、ブラジャー越しだったとはいえ柔らかな感触がしっかり感じられた。

「ひっ――」

呆然と翔太を見ていた女子生徒が、不意に顔を引きつらせて息を呑んだ。

瞬時に危機を察した少年は、「ゴメン！」と謝りながら体を起こそうとする。だが、それよりも早く……。

「いやあああああああああぁぁぁぁぁぁぁぁっ!!」

少女は学校中に響き渡りそうな大声をあげると、ちょうど起きあがろうとした翔太を力いっぱい突き飛ばした。

「うわっ、とととと……」

バランスを崩した少年は、後ろにひっくりかえりそうになって、あわてて足を踏んばろうとする。が、予想外の事態にすっかり混乱していたため、ここが階段の踊り場だということを見事に失念していた。

床におろしたつもりの足が、階段にスッと落ちる。予期せぬ段差の存在に、思わず翔太は「へ？」と素《す》っ頓狂《とんきょう》な声をあげた。

中学時代までサッカー部にいたので、少年は運動神経にそれなりの自信を持っていた。しかし、今は頭がパニック状態だったこともあり、反応がわずかに遅れてしまう。

手すりに手を伸ばして、自分の体をなんとか支えようとしたが、時すでに遅し。

翔太の手は虚《むな》しく空を切り、その体は階下へと転げ落ちてしまった。

「どわわっ！　あっ……がっ……ぐほっ！」

どうにか、反射的に体をひねって頭から落ちるのだけは避けたものの、グキッと右足が不気味な音をたて、体が階段にぶつかる衝撃とともに激痛が全身を貫く。

間もなく、翔太の体は二階の床に転がった。

「あ……ぐ……ぐ……可愛い顔して、なんてことしやがる……」

踊り場に座りこんで、呆然とこちらを見おろす女子生徒を見ながら、少年は全身を駆けめぐる痛みに耐えきれず意識を失った。

入院! ナースなお姉さんの甘〜いレッスン

1 お前が看護実習生?

翔太は、病室で憮然《ぶぜん》としていた。

昨日、見知らぬ女子生徒に階段から突き落とされた少年は、ただちに学園都市の中核を担っている病院へと搬送された。

聖凜総合病院は、心臓や脳の手術も行なえる最先端の設備と優秀なスタッフが揃った、地上二十階・地下三階の病棟と、地上十階・地下一階の診療棟を持つ大病院である。ここが、広大な敷地に幼稚園から特別養護老人ホームまでを備え、医療系の人材育成で有名な「聖凜学園都市」の中枢部、と言っても過言ではない。

さて、翔太は右足首を複雑骨折し、左足首を重度の捻挫《ねんざ》、他に全身に多数の打撲《だぼく》という怪我を負っていて、ただちに右足の手術をすることになった。

手術は無事に成功し、リハビリをすれば前と変わらない生活ができる、という医者の話もすでに聞いているので、その点は心配していない。

それに、翔太もかつてはサッカーをしていたものの、高等部進学を機にやめていたので、足を骨折したからと言って特に影響があるわけではない。困るのは、両足を痛めて長期の入院を余儀《よぎ》なくされたため、学校に行けなくて勉強が遅れることくらいだ。とはいえ、勉強が好きというほどではないので、それもかまわないと思っている。

少年が憮然としているのは、手術後に自分が運ばれた部屋に原因があった。

「ねーねー、お兄ちゃん。足、どーしたの？」

「両方の足にギプスなんて、かっこわるーい」

小学校一年生か二年生くらいと思われる子供たちが、翔太のところにやってきて、物珍しそうにキャイキャイと騒ぐ。四人部屋のはずだが、よその部屋からも見物に来ているのだろう、高等部の少年は十人近い子供たちに囲まれていた。

しかし、右足は指先から膝下までギプスに固められて宙に吊られ、左足も同様にギプスでがっちり固定されているため、体を起こして追っ払うこともできない。したがって、今は子供たちを無視してそっぽを向くしかない。おまけに、痛みどめの薬でも抑えられない激痛が両足からズキズキと襲ってくるため、ますます不愉快だ。

「ねーねー、お兄ちゃん。なんで足を折っちゃったの？」

「どーしたの？　寝ちゃったの、おにーちゃん？」

少年の気持ちなど露《つゆ》知らず、無邪気に問いつめてくる子供たち。

（あー、もう。ギャーギャーうるさいな。女の子に階段から突き落とされたなんて、恥ずかしくて言えるかっつーの。それにしても、どうして俺が小児科に入れられなきゃいけないいんだよ？）

翔太の不満も、もっともだった。聖凛総合病院の区分けでは、小児科の病室に入るのは原則として小学生までで、中学生以上は一般の病室に入ることになっている。

ところが運の悪いことに、翔太の手術が終わったとき、整形外科を含む一般病室にベッドの空きがなかった。そのため、臨時の措置《そち》としてたまたま空きのあった小児科の四人部屋に運ばれてしまったのである。こんなことはめったにないそうなので、まさに不運としか言いようがない。

とりあえず、数日は足をいっさい動かさないほうがいいとのことで、その間はこの部屋にいるしかないようだ。

翔太が、頭から布団《ふとん》をかぶって子供たちの声をやり過ごそうとしていると、

「ほら、みんな、そろそろ自分のお部屋とベッドに戻ろうよ」

少し年上っぽい女の子の声がして、子供たちが「はーい」と言って散っていった。

「ゴメンね。ここは、心臓の病気とかひどい喘息《ぜんそく》なんかで入院している子が集まっているから、みんな発作《ほっさ》が起きてないときは元気なの」

布団から顔を出し、声のしたほうを見ると、そこには子熊のぬいぐるみを胸もとに抱いた、小学校高学年くらいとおぼしき女の子が立っていた。髪をツインテールにしていて、リスのように少しクリクリした愛くるしい目の、なかなかの美少女だ。ただ、可愛らしいフリルの入ったパジャマを着ているところから見て、彼女も入院患者なのは間違いない。

翔太と視線が合うと、少女がニッコリと微笑んだ。その少しはにかんだ笑顔も、なかなかに可愛らしい。

「わたしね、隣りの部屋に入院している水原真維《みずはらまい》って言うの。お兄さんは？」

「羽澄翔太。聖凜学園の高等部普通科の、二年生だよ」

「あっ、それじゃあ真維の先輩さんなんだ。真維はね、中等部の一年なの」

中等部と聞いて、翔太はさすがに少し驚いた。小柄なことやぬいぐるみのせいもあるだろうが、真維はまだランドセルを背負っていてもおかしくない年に見える。

（んん？　この子の顔、微妙に誰かに似ているような……誰だっけ？）

そんな疑問が脳裏に湧きあがって、少年は彼女の顔をマジマジと眺めてしまう。

「なに？　真維の顔になにかついてる？」

「い、いや……ところで、病気の子が集まっているって言っていたけど、もしかしてキミも？」

と聞くと、少女が少し悲しそうに顔を曇《くも》らせた。

「うん。真維は、昔から心臓が悪くて……幼児部のときから、よくここに入院しているんだよ」

聖凜学園都市には、幼稚園にあたる幼児部から、初等部、中等部、高等部、多種多様な医療系の専門学校、医大、歯科大などが広大な敷地に存在している。

ただし、このうち幼児部と初等部は、長期入院を余儀《よぎ》なくされたり、病弱で通園・通学などが難しい子供たちのために設けられたものだった。そのため、教室も病院の病棟内にあり、入院患者だけが対象となっている。

中等部からは独立した校舎になり、普通の私立学校と同じように外部からも生徒を受け入れていた。翔太も受験したから知っているが、学園の中等部はレベルが高いと評判なので、競争率がかなり高くて入学は意外に難しい。だが、真維のような持病の

ある人間には、優先枠での入学が許可されていた。

また、中等部に入った少女が小児科にいるのは、おそらく小さい頃から頻繁に入院していた流れなのだろう。

「そっか。なんだか、悪いことを聞いちゃったね」

「ううん、そんなことないよ。でも、みんな元気そうに見えるけど、いったん発作《ほっさ》が起きたりすると大変なの。だから、わかってあげてね」

「ああ。まぁ、どうせ骨が安定するまでの何日かのことだし、我慢するよ」

翔太の返事に、子熊のぬいぐるみを抱いた少女が笑顔を見せる。

「お兄さん、優しいね。あっ、そうだ。『お兄ちゃん』って、呼んでもいい？　真維、お姉ちゃんしかいないから、ずっとお兄ちゃんが欲しかったの」

「別に、いいけど」

と少年が応じると、真維が「やったぁ！」と無邪気に喜んだ。

翔太も一人っ子なので、年下の少女から「お兄ちゃん」と呼ばれると、少し照れくさいものの悪い気はしない。

「そういえば、高等部の二年生だったら、真維のお姉ちゃんと同じ学年だよ。お姉ちゃんは看護科の二年生で、看護婦さんになるお勉強をしているの」

聖凜学園の高等部にある「看護科」は、看護師を養成するための教育を行なうところで、高等部三年間と専攻科二年間の五年一貫教育が行なわれている。

もっとも、同じ校舎にあっても他科との接点などほとんどないので、同学年とはいえ普通科の翔太が看護科の生徒の顔など知るはずがない。

「確か、今日からお姉ちゃんの実習がはじまるんだよ。真維たちのお部屋の担当になるって言ってたから、もうすぐ来る頃かなぁ」

ニコニコと、なんとも楽しそうに言う真維。

この無邪気な笑顔を見ていると、足の痛みも忘れて気持ちがなごんでくる。

「ねーねー。智佳《ちか》お姉ちゃんが、看護婦さんで来るの？」

唐突《とうとつ》に、横から男の子の元気な声がした。いつの間にか、また子供たちが翔太のベッドの、というよりツインテールの少女のまわりに集まってきている。

「うん。たぶん、そろそろ来ると思うよ」

真維が言うと、子供たちも嬉しそうに、

「わーい、智佳お姉ちゃんにいっぱい遊んでもらうんだ」

「バカだなー。智佳姉ちゃん、お仕事で来るんだぞ」

「えー。ヤダよ。遊んでほしいよぉ」

などと、好き勝手にわめきはじめた。

(あー、うるせー。それにしても、真維ちゃんのお姉さんだったら、けっこう美人かもしれないな。同じ学年だから、話題も適当に作れそうだし)

カノジョいない暦=年齢の少年は、ついつい新たな出会いに期待を寄せながら、子供たちと話している心臓病の少女の顔を改めて見つめた。

(やっぱり、誰かに似ているよな。う~ん、誰だったかなぁ? そんな昔のことじゃなくて、けっこう最近会ったことがあるような気が……)

翔太が、記憶の糸をたぐろうとしたとき。

「はーい、みんな。静かに」

優しそうな、少しおっとりした女性の声が出入り口から聞こえてきた。

見ると、真っ白なナース服姿の二十代半ばくらいの女性がそこに立っていた。白いナースキャップをかぶったセミロングの髪に、口もとに浮かべた優しそうな笑みが印象的で、全身からおしとやかな大人の雰囲気を漂わせている。

「あっ、仁美《ひとみ》お姉ちゃん。お姉ちゃんは?」

真維が、嬉しそうに声をあげる。どうやら、あのナースは「仁美」というらしい。

すると仁美が、ニコニコしながらドアの陰を見た。

「ほら、真維ちゃんも他のみんなも、智佳ちゃんのことを待っているわよ。早く見せてあげなさい」

「で、でも……やっぱり、ちょっと恥ずかしいです」

という、少しオドオドした少女の声が聞こえてくる。

「いいから。一年生のときにも実習服を着ているんだし、そんなに恥ずかしがることないじゃない」

「だって、知ってる子たちとか真維に見られるのは、やっぱり……」

「そんなことを言っていたら、いつまでも実習がはじまらないでしょう。ほらっ」

仁美が、陰にいた女の子の手首をつかんで強引に引っ張りだした。

姿を見せたのは、制服のブラウスの上に白いエプロンをつけた少女だった。背中まである長い髪を動きやすいように後ろで一つに束ね、実習生を示す校章の入った看護帽をかぶっている。

実習生の少女は、恥ずかしそうにうつ向いたまま、手を身体の前で合わせてモジモジする。

「わーい、智佳姉ちゃんだ！」

「智佳お姉ちゃんが、看護婦さんになったぁ！」

と、子供たちがいっせいに歓声をあげた。小さな子供には、正規のナースと実習生の区別などつかないのだろう。

だが、翔太は現われた少女の顔を見て愕然《がくぜん》としていた。

「あ……ああっ、おまえは!?　グハアッ！　イデデ……」

思わず大声で叫んだ少年は、つい体を動かしてしまい、足を中心に襲いかかってきた激痛にうめいた。

その声で顔をあげた少女も、「あーっ!!」と翔太を指さして目を丸くする。

「なに？　二人とも知り合いなの？」

仁美が、翔太と実習生の少女の様子を見て、意外そうな顔をして首をかしげる。

「お兄ちゃん、お姉ちゃんのこと知ってたの？」

真維も、驚きを隠せない様子で聞いてきた。

「イテテ……いや、知り合いっつーか……そうか。どうりで、真維ちゃんが誰かに似ていると思ったワケだ」

智佳の顔はあの一回しか見ていないが、自分を階段から突き落とした相手なので、はっきりと覚えていた。足の痛みなどで少々記憶が混濁《こんだく》していたため、イメージが結びつかなかったが、なるほど見比べてみると姉妹らしく顔の作りがどこか似ている。

「な、な……なんで、あんたがここにいるのよ？　ここ、小児科よ！」

智佳も、予想外の人間がいたことに動揺を隠せないようだ。

「うるせー。俺だって、いたくているんじゃねーよ。だいたい、おまえのせいでこんな目に遭ったん……アイテテテ！」

怒りを抑えきれずに少女に食ってかかったものの、翔太はまた両足から訪れた痛みに悲鳴をあげた。特に、複雑骨折してボルトを入れられた右足は、ほんの少し動かしただけで強烈な激痛が走る。

「ああ。智佳ちゃんが階段から突き落としちゃった人って、彼のことだったのね」

「えっ？　お姉ちゃん、そんなことしたの？」

美人ナースの言葉に、真維が驚きのあまり目を大きく見開いて、姉を見る。

「あ、あれは事故みたいなものよ。だいたい、そいつがあたしにぶつかってきて、胸に顔を……」

途中で言葉を切り、頬を赤くして胸を隠す智佳。どうやら、少年とぶつかったときのことを思いだしたらしい。

「お兄ちゃん、智佳お姉ちゃんのオッパイ触ったんだー！」

「やらしー」

などと、状況を悟《さと》った子供たちがはやしたてる。

「ダーッ！　うるせー！　事故だ、事故！　偶然ぶつかって、運よく……じゃなくて、運悪くああいう体勢になっただけだ！　それなのに、人の話も聞かないで、いきなり突き飛ばしやがって！」

頭に血が昇り、思わず怒鳴ってしまう翔太。

「なっ……こっちだって、ビックリしただけよ！　誰が、わざとあんなことするもんですか！」

智佳もカチンと来たのか、声を荒らげて反論してくる。

一触即発の険悪な空気が、二人の間に漂った。

真維も、はしゃいでいた子供たちも、あまりに不穏な雰囲気に唖然《あぜん》として翔太と智佳を見守っている。

「はいはい。ケンカはそこまでね。これから智佳ちゃんは、わたしと一緒に翔太くんの担当もするんだから、もう少し仲よくしましょう」

「えーっ!?　こいつの面倒も見るんですか？」

割りこんできた先輩ナースの言葉に、智佳が少年を指さして抗議の声をあげる。

「なんだと？　俺だって、おまえなんかに見てもらいたくねーや！」

「なんですってぇ!?」

再びにらみ合う、翔太とナース候補生。

「はい、いい加減にしましょうねぇ」

仁美が穏やかに言いながら、改めて間に割って入った。顔は相変わらずにこやかだが、口調のなかに有無を言わせない強さが感じられる。

二人が黙りこむと、美人看護婦が翔太や子供たちのほうを向いた。

「じゃあ、みんなにも改めて紹介します。今日からしばらく、看護婦さんになるお勉強のために、わたしを手伝ってくれることになった水原智佳お姉さんです。真維ちゃんのお見舞いで何度もここに来ているから、みんなもう知っていると思うけど」

「短い間だけど、よろしくね、みんな」

と、智佳が少し照れくさそうに頭をさげる。すると、子供たちが「よろしくー!」「智佳お姉ちゃーん!」などと歓声をあげながら拍手した。

その元気な声に包まれて、ナース候補生がようやく安堵《あんど》したような笑みを浮かべる。

(へぇ。ああいう顔をしたら、けっこう可愛いじゃん。水原智佳……か)

翔太は、憎い相手だということを忘れて、ついつい智佳に見とれてしまった。

落ち着いて見ると、実習生の少女はなかなかの美貌の持ち主だ。それに、実習服を着ているせいか、制服姿のときより少し大人びて見える。また、彼女のバストは服の上からでも存在がはっきりわかり、隣りの美人ナースよりスタイルがいい。

大怪我をしたのは不運だったが、あの胸に顔を埋めたのかと思うと、けっして悪い気はしない。

「はい、お姉ちゃんたちはお仕事の時間だから、みんなお部屋に戻っていい子にして待っていてね」

仁美の言葉に、この病室以外の子供たちが「はーい」と元気よく返事をして、部屋から出ていった。

「じゃあ、お兄ちゃん。またあとでね。お姉ちゃんも、実習がんばって」

と、ぬいぐるみを抱いた少女も手を振って、翔太がいる部屋をあとにする。

部屋に落ち着きが戻ると、美人ナースと智佳が少年の傍《かたわ》らにやってきた。

「キミは、わたしと会うのは初めてね。わたしは本宮仁美《もとみやひとみ》。聖凜学園の看護科の出身だから、一応はキミの先輩ということにもなるわ。よろしくね、羽澄翔太くん」

「あっ、はい。えっと、こちらこそお世話になります」

仁美に笑顔を向けられ、翔太は胸の高鳴りを隠せなかった。

今まで異性と付き合った経験のない一人っ子の少年は、あまり耐性がないせいか女子と話すのが得意ではなかった。真維のような年下ならともかく、妙齢の女性と面と向かって話をしようとすると、どうもドギマギしてしまう。

「あたし、水原智佳。よろしく」

智佳も仏頂面《ぶっちょうづら》のまま、渋々といった感じで挨拶《あいさつ》してきた。だが、少年に対する嫌悪の感情だろうか、まるで言葉に抑揚《よくよう》がなく、視線を合わせようともしない。

「あ~あ、まさかナース志望者に怪我をさせられるなんてなぁ」

彼女の態度にちょっと腹が立って、少年はつい嫌みを口にしてしまう。

すると、智佳の口もとがヒクッと引きつった。

「それはどうも、ごめんなさい……ねっ」

と実習生の少女が、そっぽを向いたまま吊りあげられている翔太の右足を、ギプスの上から軽く叩く。

「ガq△＊グr×▲▽◇■デ□◎※!!」

足を揺らされ、筆舌《ひつぜつ》に尽くしがたい激痛に見舞われた少年は、言葉にならない悲鳴をあげて悶絶した。

2 ガンバル少女

「だから、そうじゃないって言ってるでしょう。こうやって、ここを持って体を支えるの。わかったかしら？」

「はい。すみません」

先輩の美人ナースにやんわりと注意されて、智佳がペコペコと頭をさげる。

今、彼女たちは翔太の隣りのベッドに寝ている、小学四年生の男の子を車椅子に移動させようとしていた。だが、どうやら実習生の介助の仕方がマズかったようだ。

「また怒られてやがんの。相変わらずドジだな、水原」

「うっさいわねー！　羽澄は、ちょっと黙っててよ！」

少年が茶々《ちゃちゃ》を入れると、ナース候補生の少女が眉を吊りあげて声を荒らげる。

実習がはじまって三日になるが、智佳はまだまだ失敗ばかりしていた。もちろん、実習生なので点滴《てんてき》などの行為はできず、仁美たち正規のナースの仕事を手伝うだけなのだが、それでも呆《あき》れるくらいミスを連発している。

「智佳ちゃん、からかわれたくらいで気を散らさないの。わたしたちは、患者さんの命を預かる仕事をしているんだから、どんなときもちゃんと気を引き締めてね」

先輩看護婦の言葉に、智佳が「はい……」と答えてシュンとうなだれる。

「やーい、また怒られてんの」

「なっ……あんたのせいでしょ!? また右足を叩かれたいの？」

翔太がからかうと、注意されたばかりにもかかわらず少女が噛みついてきた。

「智佳ちゃん、翔太くんは患者さんなんだから、そういうことを言ったらダメよ。翔太くんも、智佳ちゃんだって一生懸命やっているんだから、あんまりからかわないでちょうだい」

仁美から穏やかな口調で注意されて、二人は「はーい」と声を揃えた。

実際、智佳が真剣に実習に取り組んでいるのは少年にも伝わっている。あれこれと失敗が多いのは、一つのことに集中しすぎて他のことに目がいかなくなっているためだろう。

(けど、ついついからかいたくなっちゃうんだよな。なんでだろう？)

などと少年が思っている間に、ようやく男の子を移動させ終えた智佳と仁美が、車椅子を押して廊下に出ていく。

それとほぼ入れ替わりに、パジャマにカーディガンを羽織った真維が顔を出し、少年の傍《かたわ》らにやってきた。

「お兄ちゃん、またお姉ちゃんとケンカしてたの？　隣りまで、声が聞こえたよ」

「うん。まぁ、ちょっとね」

さすがに恥ずかしくなって、頬をポリポリとかく翔太。

「ねぇ、やっぱり怪我させたお姉ちゃんのこと、嫌い？」

「えっと、そういうワケじゃないけど……」

真維の質問に、少年はつい口ごもってしまった。

自分を骨折させた相手ということで、ついつい意地悪したくなってしまうのは事実だ。しかし、けっして嫌悪感があるワケではないので、「嫌い」と断言はできない。

(なんなんだろう、この気持ちは？)

そんな翔太の心理を誤解したのか、ツインテールの少女が真剣な顔で口を開いた。

「あのね、お姉ちゃんって昔からすごく一生懸命なの。ウチ、真維がまだ小さい頃にお父さんが事故で死んじゃってから、お母さんが働いていて……でも、真維がこんな身体だから、入院しているときも家にいるときも、ずっとお姉ちゃんが面倒を見てくれていたの」

「へぇ、そうだったんだ」

「お姉ちゃん、奨学金《しょうがくきん》で高等部の看護科に入ってから、ものすごくがんばっているんだよ。絶対に、立派な看護婦さんになるんだって……」

姉妹が母子家庭で、しかも智佳が奨学金《しょうがくきん》をもらっていたという意外な事実に、翔太は驚いた。この三日で実習生の少女が妹思いだとはわかっていたが、想像していた以上にいろいろなものを背負っているらしい。

（水原のヤツ、そこまでして本気で看護婦になりたいって思っていたんだ。はっきりした目標があるって、なんだか羨ましいな）

翔太も、聖凜学園の中等部に入るまでは「プロのサッカー選手になって、いつか日本代表になる」という大きな夢を持っていた。しかし、それほど強くない中等部のサッカー部でもレギュラーになれなかったため、自分の才能に見切りをつけて高等部進学を機にサッカーから離れたのである。

ただ、幼稚園からつづけていたことをやめたため、少年は将来の目標を完全に見失ってしまった。

（俺は、なにをしたいんだろう？　俺には、いったいなにができるんだろう？）

そんなことを何度も考えてみたが、答えはまったく思いつかない。

おかげで、高等部に入ってから今にいたるまで、毎日をただただ漠然と過ごしてきた感がある。もちろん、友人をそれなりに作って日々の生活は楽しんでいたが、目標が定まらない焦りを密かに抱きつづけてきた。

また、実は入院する前も、進路指導の教師から「せめて進学か就職かくらいは、そろそろはっきりさせておけ」と小言を言われたばかりだったりする。

そんな少年には、「立派な看護婦になる」という明確な目標を持ち、一途《いちず》に努力をしている智佳が本当に羨ましかった。

(もしかしたら、俺は自分がなにも思いつかないからって、目標に一生懸命な水原に嫉妬《しっと》していたのかもしれない)

そう考えると、なんとなく自分が惨めになってくる。

翔太は智佳の意外な一面を知って、彼女への興味が少しずつ湧いてくるのを感じていた。

3 病院の姉妹たち

「ああ、やっぱり静かだなぁ」

昼食を終えたあと、天井をあおぎながら独《ひと》りごちる翔太。ようやく移動可能な状態になった少年は、数日前に小児科の病室から一般病棟の個室に移っていた。

個室は、それほど広いわけではないが、トイレや洗面台やシャワールームもあって、ちょっとしたホテルの一室のようだ。もっとも、両足をギプスで固められ、右足はいまだに宙づりにされていてベッドから動くことができないので、今は部屋にトイレや洗面台があっても意味はないのだが。

とにかく、小さい子供たちの喧噪《けんそう》と好奇の視線にずっと囲まれていたため、今は一人の時間のありがたみをしみじみと感じている。ただ、あまりに静かすぎて、今度は自分だけが世界から取り残されたような気分になってくるのは、なんとも不思議だ。いつの間にか、あのやかましさにすっかり慣れていたらしい。

せめて車椅子での移動ができれば、病院周辺に整備されている公園を散策するなどして気をまぎらわすこともできるのだろうが、今はそれすら叶わない。

「そういえば、もう水原とは会えないのかな?」

智佳の実習期間は、昨日で終わっていた。高等部の場合、通常授業などカリキュラムの都合で、どうしても実習の時間が限られてしまうらしい。本当に、思いかえすとあっという間だった気がする。

(結局、あいつとは仲よくなれずじまいだったな。最後まで、ケンカしちゃったし)

そんなことを思って「はぁ～」とため息をつくと、不意にドアをノックする音がした。そして、熊のぬいぐるみを抱いた少女が、「お兄ちゃん」と言いながら部屋に入ってきた。

「やあ。真維ちゃん、こんにちは」

「えへへ……また、遊びに来ちゃった」

パジャマにカーディガン姿の少女が、イタズラっぽい笑みを浮かべる。

翔太が個室に移動してからも、こうして彼女は毎日遊びに来てくれていた。まだ体を動かせない少年にとって、真維との会話は数少ない楽しみの一つである。

ちなみに、長期出張中の翔太の両親は、入院の翌日だけ替えの下着など入院に必要なものを持って病院に駆けつけた。しかし、命にかかわるような怪我ではないと知って、心配しつつもとんぼがえりで仕事に戻っていった。今後は、仕事に余裕ができたらどちらかだけでも見舞いに来るとのことだ。もっとも、二人とも多忙なのはわかっているので、あまり期待はしていない。

クラスメイトたちも、たまに顔を見せてくれたが毎日のことではないので、こうして真維が話し相手になってくれるのはありがたい。

「そういえば、真維ちゃん。水原って……」

と切りだした途端に、少女が少し不機嫌そうな顔になる。

「お兄ちゃん、最近いっつもお姉ちゃんのことばっかり聞くね？」

「あれ？　そ、そうかな？」

首をかしげて考えてみると、確かに彼女の言う通りだった。智佳への興味は日を追うごとに高まり、いろいろなことを知りたくなって、つい妹の真維に質問してしまう。

ツインテールの少女も、最初は聞かなくてもいろいろと教えてくれたが、あまりに翔太が姉のことばかり質問するせいか、最近はその話題を避けている。

「ゴメン、ゴメン。そうだ、ところで真維ちゃんは……」

照れ隠しもあって、翔太は話題を変えた。

その後、しばらく二人がとりとめのない雑談をしていると、ドアをノックして仁美が部屋に入ってきた。

「翔太くん、お加減はどう？　あら、真維ちゃん。今日も来ていたのね」

「あれ～？　もう、そんな時間なの？」

と、看護婦を見た真維が声をあげる。

小一時間くらい話していたつもりだったが、いつの間にか二時間近くが経っていた。

「お兄ちゃんとお話ししてると、なんだか時間があっという間に過ぎちゃう気がする。真維たち、気が合うのかな？」

「そうかもね。俺も、真維ちゃんと話していると、すごく楽しいよ」

と翔太が応じると、少女が「お兄ちゃん……」と恥ずかしそうに頰を赤くする。

「ちょっと！　こんなところで、妹を口説《くど》かないでくれる？　このロリコン！」

いきなり怒鳴り声がして、手にタオルや洗面器などを持った実習服姿の智佳が、ズカズカと部屋に入ってきた。

「うわっ、水原⁉　なんで？」

「お、お姉ちゃん、どうしたの？　実習は、もう終わったんでしょう？」

翔太と真維は、同時に驚きの声をあげる。すると、勢いよく現われたロングヘアの少女が「えっと……」と口ごもって、うつ向いてしまった。

「智佳ちゃんね、実習があんまりうまくいかなかったから、しばらく補習をすることになったのよ」

にこやかな笑みを相変わらず浮かべながら、仁美が少女に代わって答える。

「なんだよ、赤点か？　情けないな」

ついついからかうと、智佳が茹《ゆ》でられたタコのように顔を赤くした。

「うっさいわねー！　また、右足叩くわよ！」

「智佳ちゃん、いい加減にしなさい。翔太くんも、あんまり意地悪なことを言わないの。別に、智佳ちゃんは赤点ってワケじゃないのよ。ただ、もう少し経験を積んだほうがいいって判断が出ただけだから」

先輩ナースが、二人をいさめながらフォローを入れる。

(それを赤点って言うんじゃないか？　とツッコミたいけど、やめておこうっと)

あまりからかいすぎると、智佳は本当に少年の右足をギプスの上から叩く。一応は手加減しているのだろうが、なにしろまだ骨が安定しきっていないし、ボルトも入っているのだ。たとえギプス越しでも、足に刺激を加えられると気絶しそうな激痛が全身を駆けめぐる。さすがに、好きこのんであの痛みを味わいたいとは思わない。

「それじゃあ、真維はそろそろお部屋に戻らないと。お姉ちゃん、お兄ちゃんをあんまりイジメたらダメだよ。またね、お兄ちゃん」

と言って、真維が手を振りながら部屋から出ていった。

「もう、真維ったら！」

妹の背中に、ふくれっ面で文句を言う智佳。しかし、なぜかその頬は赤らんでいる。

「じゃあ、翔太くん。体を拭《ふ》きましょうね。智佳ちゃん、お湯をお願い」

仁美の指示に従って、実習生の少女が洗面器を持って洗面台に向かった。

その間に、仁美はサイドテーブルなどを用意して、清拭《せいしき》の準備を整えていく。

翔太の両足はギプスでガチガチに固められ、またベッドからの移動も許されていないため、普通の入浴ができない。したがって、今はタオルで体を拭いてもらうことだけが清潔を保つ唯一の方法だ。

少女がお湯を汲《く》んでいる間に、七歳年上のナースが少年の耳もとに顔を近づけた。

「翔太くん、智佳ちゃんが課外で実習をつづけるのは、補習の意味だけじゃないのよ。ケンカばかりしているけど、本当はキミに怪我をさせたことにすごく責任を感じているの。彼女、自分から希望して翔太くんの担当になったんだから」

だが、普段の態度を見ているとにわかには信じられず、少年は「はぁ……」と戸惑いの声をもらすしかない。

そうしているうちに、看護科の少女がサイドテーブルの上にお湯の入った洗面器を置き、清拭剤を溶かし入れた。

すると、少年の入院着の前をはだけた仁美が、ナース候補生を見た。

「それじゃあ、智佳ちゃん。全身清拭をお願い」

「えっ……ええ～っ!? あ、あたしが、やるんですか？」

予想もしていなかったのだろう、智佳が先輩ナースの指示に頬を赤くして、あからさまに動揺を見せる。これまで、実際の清拭は仁美が主に担当して、実習生の少女は翔太の体の向きを変えるサポート役だったのだ。

「そうよ。清拭《せいしき》も洗髪も、ナースのお仕事なんだから、相手が誰でもきちんとできるようにならないとね」

相変わらず穏やかな口調だったが、先輩ナースの言葉の奥には有無を言わせない強さが感じられる。

「仁美さん。本当に、こいつにやらせるんですか？」

翔太のほうも、てっきり今まで通り美人看護婦が体を拭《ふ》いてくれると思っていたので、つい文句を言ってしまう。

「ええ。いつまでもわたしがやっていたら、智佳ちゃんのお勉強にならないでしょう？　ということで、協力してね、翔太くん」

見事なくらいにこやかに切りかえされて、少年もこれ以上は言葉がない。

「わたしが翔太くんの体を動かすわ。小児科でも清拭をやっていたから、やり方はわかるでしょう？」

「あっ……は、はい」

顔を赤くして、うわずった声で答える智佳。

「な、なんだよ、水原？　なに赤くなってんだよ？」

「べっ……別に、赤くなんかなってないわよ！　少し部屋が暑いだけなんだから！　変な誤解しないでよね！」

ムキになって、少女が稚拙な反論をした。だが、言葉とは裏腹に緊張が高まったのが、翔太にも伝わってくる。

（そういえば水原の家って、お父さんが七年前に事故で死んでるんだよな。だから、男の裸に慣れてないのか？）

そう考えると、彼女のぎこちなさにも納得がいく。

「智佳ちゃん。男の人の体だからって、そんなに意識して恥ずかしがっていたら、仕事にならないじゃないの。それとも……なにか、違う理由でもあるのかしら？」

からかうような目をしながら、仁美が含みを持たせた言い方をする。

「そ、そんなこと、全然ありません！　なんで、あたしがこんなヤツを意識しなきゃならないんですか？」

「こんなヤツとはなんだよ！　俺がせっかく、文字通り一肌脱いで実習に協力してやっているのに！」

智佳の言葉にカチンと来た少年は、つい声を荒らげた。

「別に、あんたに協力してもらわなくったっていいわよ！　あたしは――」

「はいはい、そこまで。智佳ちゃん、そうやってすぐムキにならないの。それに、言い合いをしていたら、他のことをやる時間がなくなるでしょう?」

と、美人看護婦が実習生の言葉を遮《さえぎ》る。

「とにかく、智佳ちゃんは男の人の裸に慣れる必要があるわね。いずれは、おしっこなんかの世話だってしなきゃいけないんだから」

先輩ナースのイタズラっぽい言葉に、智佳が顔を引きつらせて「おしっ……」と絶句した。おそらく、男性の小用の世話をするとき、なにをどうしなくてはならないのかということを想像したのだろう。

すると、仁美が面白そうにクスクスと笑った。

「智佳ちゃん。さっきもそうだけど、わたしは別に翔太くんのことだけを言っているワケじゃないわよ」

「えっ?　あっ……もう、仁美さん!」

からかわれていたことに気づいたらしく、実習生の少女が抗議の声をあげる。

「うふふ……ごめんなさい。でも、少しはリラックスできたかしら?」

七歳年上の美人ナースに言われて、智佳が「あっ」と自分の胸もとを押さえた。

なるほど、翔太の目から見ても少女の緊張が少し解けたのがわかる。

実際、今の少年のようにトイレに自力で行けない人間は、看護師などに手伝ってもらって用を足すしかない。さすがに恥ずかしくて、仁美や智佳には頼めなかったものの、翔太も他の看護師たちに手伝ってもらって排泄《はいせつ》をしていた。そういった患者のサポートも看護師の仕事のうちなのだから、裸や性器をいちいち意識していたら話にならない。

おそらく仁美は、ナース候補生を半分からかいながら、そのことを伝えようとしたのだろう。

先輩ナースの意図を悟《さと》ったのか、智佳が両手で自分の頬を軽く叩いて顔をあげた。緊張と羞恥のせいで定まっていなかった視線が、ようやくしっかり一点を向く。

「じゃあ、拭《ふ》いてあげるわ。まず、顔からね」

と言うと、実習生の少女は仁美のアドバイスとサポートを受けながら、翔太の体を優しく拭きはじめた。

あまり慣れていないせいか、あるいは緊張のせいなのか、少女の手際はあまりよくなかった。しかし、風呂に入れない身としては、清拭剤入りのお湯で体を拭いてもらうだけで、かなり気分がサッパリする。

（それにしても、水原に体を拭いてもらっているだけで、なんだかすごくドキドキし

ちゃうな)
最初は、仁美に拭かれるのも恥ずかしかったが、何度か経験しているうちに慣れた。
しかし、実習生の少女に清拭《せいしき》されていると、年上のナースにしてもらうときとは違う気恥ずかしさが湧きあがってくる翔太だった。

4 癒してあげるわ

翔太が個室に移ってから数日。複雑骨折している右足の痛みはかなり落ち着き、変に動かさなければそうつらいこともなくなっていた。やっと右足をベッドにおろすこともできて、人心地ついた気がする。

また、捻挫《ねんざ》した左足のギプスは、もう少し経ったらはずせるだろう、という医師の診断も出た。地面に立つにはまだ少し時間がかかるものの、数日中に車椅子での移動が許可されるらしい。さらに、左足のギプスがはずれれば、病院の入院着から自分のパジャマに着替えることもできるようだ。

「もう少しで、ベッドに縛りつけられた生活ともおさらばか。ああ、早く動けるようになりたいぜ」

夜、消灯時間で部屋の明かりを消されたあとも、元サッカー部の少年は体がうずくのを抑えられず、なかなか寝つくことができずにいた。

もちろん、車椅子なので移動範囲は限られる。それに、右足の骨がまだ安定していないため、自力でベッドから車椅子に移ったりすることはできない。しかし、丸一日をベッドで過ごすことを考えれば、動けること自体が大きな進歩に思える。

ただ、暗闇のなかで目を閉じていても眠れないのは、そんな興奮もさることながら、まったく疲れていないということも大きいだろう。なにしろ骨折して以来、体をほとんど動かしていないために体力がありあまっているのだ。

(そういえば、仁美さんがいなかったのに、水原は今日も来てくれたな)

少年の脳裏に、ふとナース候補生の姿が浮かぶ。

今日の昼間は、夜勤のシフトに入ったために仁美は休みだった。また、智佳も今日は実習の日ではなかった。にもかかわらず、実習生の少女は心臓病の妹と一緒に少年の病室を訪れ、文句を言いつつもあれこれと世話を焼いてくれたのである。

(あいつ、ちょっと生意気で口も悪いけど、真維ちゃんが言うようにいいところもいっぱいあるよな。それに、けっこう美人だし、胸もおっきいし……)

と思った途端に、脳裏で他の部位がすべて切り取られて、実習服に包まれた大きなふくらみのイメージだけがアップになった。

(あんまりよく覚えてないけど、ぶつかって胸に顔を埋めたとき、すごく柔らかくて気持ちよかったっけ。水原のオッパイ、手で思いっきり揉んだら、きっと……って、なに考えてるんだ、俺?)

あわてて頭を振って、妄想を振り払う翔太。

足以外はいたって健康なのに、一週間以上も性欲を発散できない生活を送っているせいか、思考が妙な方向に向いてしまった。一物もすっかり勃起してしまい、どうにも収まりがつかなくなっている。

(ああ、オナニーしてー。けど、あお向けでしたら自分にかかっちゃうし……)

そうかと言って、両足がギプスで固定されている状態では、うつ伏せになるのは難しいし、なったとしても精を出すための行為はできそうにない。

(クッソー、参ったな……ええい、こうなりゃ、勉強して気をまぎらわそう)

と考えた少年は、枕もとの電気をつけて電動ベッドの背部を起こした。それから、傍《かたわ》らのサイドテーブルを引き寄せて、上に置いてある英語の教科書を開く。

苦手な英語の文章でも読んでいれば、性の興奮も収まるだろうし、おそらく授業のときと同様にすぐ眠くなるだろう。

「……えっと、この単語は?……う〜、読めん。だーっ！　やっぱり、英語はちっともわかんねーや」

数分ほど無理に格闘してから、少年は頭を抱えて机に突っ伏した。いくら考えても、辞書なしではチンプンカンプンで、意味の通じる日本語に翻訳できない。

だが、そんなことをしていたおかげで性欲は首を引っこめ、パンツの奥で体積を増していた一物もいつしか元の大きさに戻っていた。ひとまず、目的の一つは果たせたと言えるだろう。

ところが、落ち着いた途端に今度は尿意が湧いてきた。就寝時間前にすませておいたのだが、いったん用を足したくなるとどうにも我慢ができない。

「仕方がない。尿瓶《しびん》を用意してもらおう」

最初は、尿瓶に小便を出すことに抵抗を感じていたが、今ではすっかり慣れてしまった。それに、右足を吊りさげていたときは看護師に尿瓶をあてがってもらわなくてはならなかったが、今はモノさえあれば自力で用を足すことができる。

しかし、尿瓶は通常ベッドの下に隠すように置いてあるため、両足の使えない少年は自分で取りだすことができない。

深夜ということもあって少しためらったものの、結局、翔太はナースコールのボタンを押した。

呼び出し音が何度か鳴ったあと、インターホンから「どうしました？」と看護婦の声が聞こえてくる。

「えっと、トイレをお願いしたいんですけど」

「あ、はい。すぐ行きますね」

と、極めて事務的な返事がかえってきて、インターホンがブッッと切れる。

それから間もなく、部屋のドアをノックする音がした。

翔太が「どうぞ」と返事をすると、静かにドアを開けてナースが入ってきた。しかし、廊下も消灯して薄暗くなっているため、顔がよく見えない。とりあえず、ナース服の形やボディーラインから、看護婦であることだけはわかる。

ナースが、壁際のスイッチを押して部屋の明かりをつけた。

「あっ！　ひ、仁美さん！」

相手の姿を確認して、翔太は思わず素《す》っ頓狂《とんきょう》な声をあげてしまう。

部屋にやってきたのは、美人ナースの本宮仁美その人だった。ナースコールに出たのは別の看護婦だったはずだが、まさか彼女がやってくるとは。

「こんばんは、翔太くん。おトイレだっけ？　おしっこでいいのよね？　ちょっと待ってね」

少年の戸惑いをよそに、七歳年上の白衣の天使がベッドに近づいてきて、下から尿《し》瓶《びん》を取りだす。

(そういえば、今日は夜勤だって言っていたけど、よりによって仁美さんかよ。マズイぞ、これは)

もちろん、今は看護婦に尿瓶をあてがってもらうワケではないので、本来ならそう意識する必要もないだろう。しかし、いったん収まったように思った性欲が奥でくすぶっていたのか、仁美の姿を見た途端に男の本能が一気に鎌首《かまくび》をもたげてきた。

美人ナースが、「はい、これ」と尿瓶を翔太に渡す。だが、ペニスの勃起が盛大に盛りかえした以上、収まるまで小便などできるはずがない。

「じゃあ、わたしはあっちにいるから。終わったら声をかけてね」

少年の戸惑った表情を、自分の視線が恥ずかしいからと勘違いしたのだろう、仁美がそう言って席をはずそうとした。だが、性の昂《たかぶ》りが復活した途端に尿意などどこかに吹き飛んでしまい、翔太は尿瓶を手に呆然としているしかない。

「どうしたの、翔太くん?」

少年の様子に気づいて、仁美が首をかしげる。

「いや～……あの……」

言葉が見つからず、白衣の天使から視線をそらす翔太。

するとナースはなにか思い当たったようだ。

「あっ。翔太くん、もしかして……」

と、いきなり掛け布団《かぶとん》をはぎ取って少年の股間に目をやる仁美。

「やっぱり。あらあら、こんなにしちゃって……よっぽど、溜まっているみたいね」

子供のささやかな隠し事を見つけた母親のように、白衣の天使が穏やかな笑みを浮かべた。

「え～、あ～、う～……」

なんと答えていいかわからなくなり、翔太は戸惑いの声をあげるしかない。

「まぁ、若いのにずっと我慢しているんだから、仕方がないわよね。でも、このままじゃ夢精しちゃうかしら？」

美人ナースの口から出てきた質問に、少年は沈黙してしまった。

入院している緊張感のせいか、幸いここまではまだ夢精せずにすんでいた。しかし、今のままだと仁美の指摘通り、今晩はとても我慢できそうにない。

「そうだ。翔太くん、わたしが出させてあげるわね」

七歳年上の看護婦がなにを言っているのか理解できず、少年は「へっ?」と素《す》っ頓《とん》狂《きょう》な声をあげてしまう。

美人ナースは、唖然《あぜん》としている翔太から尿瓶《しびん》を取りあげて、元の場所にしまった。

それから、仕事のときのような手際のよさで入院着の前をはだけると、少年のパンツの奥からペニスをつかみだす。

「うふふ……翔太くんのオチン×ン、けっこうおっきいわね」

妖しく微笑みながら、一物に顔を近づける仁美。美人ナースの可憐《かれん》なピンクの唇が、包皮から半ば出た亀頭に接近する。

突然の事態に、翔太は制止することも忘れ、息を呑んで彼女の行動を見つめる。

「あ〜ん……はむっ」

わざとらしく声を出しながら、仁美がついにペニスを咥《くわ》えこんだ。

亀頭から竿の半ばくらいまでが温かな感触に包みこまれ、翔太は「はうっ」と思いきりのけ反ってしまった。ベッドの背部を起こしていなかったら、後ろに倒れこんでいただろう。

「んっ、んっ、んっ……んぐ、んぐ、んぐ、んぐ……」

美人ナースが声をもらしながら、唇でシャフトをしごくように顔を動かしはじめる。

同時に、自分でしごくのとは似て非なる甘美な刺激が、股間から全身に向かってひろがった。

(うおおおっ！　き、気持ちよすぎる！　これが、フェラチオか！)

初めて経験する快感に、心のなかで悲鳴に近い歓喜の声をあげる翔太。

看護婦の口内は熱く、それでいて粘膜のぬめりがあってなんとも言えない心地よさだ。時折り、竿の裏筋に舌が触れると快電流が背筋を駆けあがって、下半身がとろけてしまいそうになる。

「んはっ。翔太くん、こんなこと初めてでしょう？」

口を離して、仁美が問いかけてきた。

「は、はい」

「すごく気持ちよさそうな顔をしているけど……そんなにいいかしら？」

「はい、とっても……最高です！」

「うふふ……悦んでもらえて、嬉しいわ。それにしても、翔太くんのオチン×ン、匂いがちょっとキツイわね」

そんな感想を言われて、翔太は思わず「すみません」と謝ってしまった。

なにしろ、若い男ということもあり、全身清拭《せいしき》でも性器のあたりは男性看護師が担

当のときに拭《ふ》いてもらっていた。ただ、その回数はけっして多くないので、仮性包茎の包皮の内側に恥垢《ちこう》が溜まって匂いが出るのも当然だろう。

「ふふっ、謝らなくてもいいわ。この匂い、わたしは好きよ。なんだか、興奮しちゃうもの」

と言って亀頭全体をむき出しにすると、仁美が雁首のあたりを丹念に舐めまわした。

「うはあっ！　そ、そこ……くううっ！　あうっ、よ、よすぎるっ！」

あまりの快感に、少年の口からうわずった声がこぼれでる。

美人ナースの舌の動きが、果たして恥垢を舐め取ることが目的だったのか、それとも翔太に快感を与えることが目的だったのかはわからない。しかし、敏感なところを舌先で舐められたために、全身に衝撃に近い快感の稲妻《いなづま》が走り抜けていく。

「あら、もうこんなにお汁が出てきたわね？」

仁美の声で視線をおろすと、確かに鈴口からは早くも透明な先走り汁が溢れていた。

それに、腰のあたりにも限界に近い熱いうねりが発生しつつある。

「これじゃあ、もうすぐ出ちゃうかしら？」

美人看護婦の言葉に、翔太はつい情けない気分になってしまう。

「す、すみません。でも俺、気持ちよすぎて……」

「そんなに謝らなくてもいいわ。入院してからずっと溜めていたんですもの、すぐに出ちゃっても仕方がないわ。それに、おフェラも初めてだったら、我慢なんてできっこないでしょうし」

優しい笑みを浮かべて言うと、仁美が再びペニスを口に含んだ。

「んっ、んっ……んぐ、んぐ、むぐぅ……んんんっ、んっ、んっ、んっ……」

小さな声をもらしながら、ナースが口でピストン運動をはじめる。唇でペニスをしごきながら、時折り顔の角度を変える。そのたびに、少年のシャフトに加わる刺激が微妙に変わり、新鮮な快感がもたらされた。

（くうっ……スゲー気持ちいい！　あの仁美さんがこんなことをしてくれるなんて、なんだか夢みたいだ！）

あまりに非現実的な光景に、実は自分がいつの間にか眠っていて、欲求不満のために淫らな夢を見ているのではないか、という気すらしてくる。

（けど、もう夢でもなんでもいいや。俺、ハマッちゃいそうだ……）

フェラチオの心地よさに、翔太はすっかり開き直った心境になっていた。未体験の快楽は麻薬のように童貞少年の精神を侵し、その思考を麻痺《まひ》させていく。

仁美のほうも、他人の世話をする仕事に就いていることもあるのか、奉仕にすっかり酔いしれているようだった。見た目にも、頬が紅潮して目つきが妖しくなり、一物を咥《くわ》えている口内の温度も心なしか高くなっている。

そのことに気づいた途端、すでに先端近くまで来ていた昂《たかぶ》りのエネルギーが、爆発に向けてのカウントダウンをはじめた。

「仁美さん、俺もう……出ちゃう!」

「んはっ。いいわよ、いっぱい出して。わたしが、全部呑んであげるから」

いったん口を離してそう言うと、美人看護婦は再びペニスを口に含んだ。そして、唇と竿に添えた手を巧みに使って、射精をうながすように小刻みなピストン運動を行なう。

この刺激が、ギリギリのところでこらえていた翔太の最後の抵抗を打ち破った。

少年は、「はううっ!」と情けない声をこぼすのと同時に、溜まりに溜まった白いマグマをナースの口内にぶちまけた。

「んんんんんっ!」

あまりの勢いに、目を丸くして驚きの声をあげる仁美。さすがの彼女も、一週間以上も我慢してきた精の噴火の威力は予想できなかったらしい。大量のスペルマが収まりきらず、口もとから筋になってダラダラと溢れだしてくる。

「んっ、んっ……んむぅぅ。んぐ、んぐ、んぐ……」

それでも、美人ナースはすぐに気を取り直して、口内の精を喉の奥へと流しこみはじめた。彼女が声をもらすたびに喉頸《のどくび》が動くので、本当に白濁液を呑んでいることが翔太にもはっきりとわかる。

口内に溜まっていた男のエキスをすべて呑み終えると、仁美は口もとから顎《あご》に向かって流れた液も手で拭《ぬぐ》った。そして、まるで少年に見せつけるようにしながら、ペロペロと舐め取っていく。

「はあぁ……とっても濃いザーメンが、お口にいっぱい。すごいわ……」

すべてを処理し終えた美人ナースが、陶酔しきった顔でつぶやいた。

一方の翔太は、文字通り頭のなかが真っ白になって、なにも考えられなくなっていた。ただ一つ、フェラチオによる射精が魂が抜け落ちそうなくらい気持ちよかった、ということはわかっている。

しばらく放出の余韻《よいん》に浸っていると、美人看護婦が少年の顔を妖しく見つめた。

「ああ……この味、この匂い……翔太くん。なんだか、わたしも我慢できなくなってきちゃったぁ」

「えっ？　あ……」

思考回路が停止したままだったので、翔太は彼女の言葉の意味を瞬時には理解できない。

「ねぇ、翔太くん。わたしとしましょうか？」

「えっ……ええっ!? するって、まさかエッチを？」

美人看護婦の申し出に、少年は思わず素《す》っ頓狂《とんきよう》な声をあげてしまった。

「そんなに驚くことはないじゃない？ 翔太くんのすごく濃いザーメンを呑んだら、わたしも身体がうずいちゃって……ずいぶん前に彼と別れてから、ずっとご無沙汰《ぶさた》だったし、我慢できなくなっちゃったわ」

「で、でも、ここは病院……」

「個室は防音がしっかりしているから、ドアを閉めていたら、まず声なんて聞こえないわよ。それに、こういうところでエッチすると、かえって興奮しないかしら？」

と、艶めかしく微笑みながら仁美が畳みかけてくる。

「そうかなぁ？ って、そういうことじゃなくて、その……」

なおも翔太がためらっていると、美人看護婦が大きなため息をついた。

「もう。はっきりしない男の子は、女の子に嫌われちゃうわよ」

「いや～、そうは言われても……」

「翔太くん、まさかエッチに興味がないってワケじゃないんでしょう?」

「えっと、はい。そりゃ、もちろん」

少年がうなずくと、仁美は満足そうに微笑んだ。

「だったら、いいじゃない。翔太くんは、エッチの経験ができる。わたしは、欲求不満の解消ができる。それだけで、充分じゃない?」

(う〜ん……そんなに割りきってエッチしちゃって、いいのかなぁ?)

という思いとともに、なぜか智佳の悲しそうな顔が脳裏をよぎる。

(あれ? 俺、なんで水原のことを? 別に、あいつなんて関係ないじゃん)

そう割りきろうとしても、不思議と罪悪感のようなものがこみあげてきて、少年の決心を鈍らせてしまう。

「あのね、翔太くんだって、いつまでも童貞でいるつもりはないんでしょう? だったら、経験者とエッチしておいたほうが、なにかといいと思うわよ」

業《ごう》を煮やした美人ナースが、優しく決断をうながす。

「でも……俺、まだ学生だし」

智佳のこともそうだが、万が一の過《あやま》ちがあったら今の自分にはどうしようもない。

そんな不安もあって、翔太はどうしても一線を踏み越える決断ができなかった。

「うふっ。責任取って、なんて言わないわよ。これは学園の先輩として、可愛い後輩へのレッスン。ただ、それだけ」

と、屈託のない優しい笑顔を見せる仁美。

さすがにここまで言われては、翔太も腹を決めるしかなかった。なにより、憧れの白衣の天使が初めての相手なら、本来なんの申し分もない。

「えっと……じゃあ、本当にいいんですか?」

「やっと、その気になったのね。いいわよ。わたしがいろいろ、教えてあげるわ」

今まで見せたことのない妖艶な笑みを浮かべながら、仁美が少年の膝の上にまたがってくる。

七歳年上の美女は、まるで見せつけるかのようにナース服の前をゆっくりはだけた。そして、飾り気のない白いブラジャーに包まれたバストをあらわにした。

初めて目の前で見る実物のふくらみに、翔太はすっかり目を奪われてしまった。アイドルの水着写真などで見たことはあったが、やはり生で目にしたそれは迫力が違う。

「ほら、翔太くん。ただ見てるだけじゃなくて、オッパイ触って」

「は、はひ……」

翔太はうわずった声で返事をすると、生唾《なまつば》を呑みこみながら恐るおそる手を伸ばした。が、緊張のあまり手が小刻みに震えてしまう。

やっとの思いで仁美の胸もとまで近づけると、少年はブラジャー越しにバストにタッチした。その瞬間、手のひらに生地の感触とともに、ふくよかな弾力と心地よい熱がひろがる。

「うわぁ……柔らかくて、すごく温かい……」

智佳の胸ほどのボリューム感はないが、それでもこうしてブラジャーを挟んで触れた乳房の感触は格別で、ふくらみの弾力と柔らかさを堪能《たんのう》できる。

「手を動かしてみて、早く……オッパイを揉んでほしいの」

美人ナースに言われて、翔太は手に力をこめてゆっくりと乳房への愛撫をはじめた。

「んんっ……そう、そんな感じ……あんっ……オッパイを包むみたいに……あっ、んんっ……最初は優しくね……ああん」

仁美の口から、甘い声がこぼれでる。

(えっと……ああ、なるほど。こんな感じでいいのか)

頭に血が昇りながらも、看護婦の指示のおかげで、少年はかろうじて愛撫の仕方を確認できる。

「んあっ……はんっ、んんんっ……ああっ。翔太くん、胸に直接触ってぇ」

もどかしくなったのだろう、仁美が新たな要求を出してきた。

だが、彼女は前をはだけているものの、まだナース服を着たままだ。このままでは、服に邪魔されてブラジャーをはずすことができない。

「あのね、手をブラの内側に入れるの。それから、上に持ちあげてみて」

アドバイスに従って、翔太はふくらみのラインに沿って手を滑りこませると、ブラジャーを持ちあげた。すると、意外なくらい簡単に双乳が姿を見せる。

智佳ほどの大きさはないものの、綺麗なお椀型にしっかりふくらんだ二つの白い乳房は、充分すぎるくらいに美しく見応えがあった。頂点の周辺は綺麗な桜色をしており、中心部がツンと突きでている。

「仁美さん、すごく綺麗だ」

「ふふっ、ありがとう。わたしのオッパイ、好きにしていいわよ」

ナースの言葉に誘われて、翔太は再びバストに触れると、手に力を入れて揉んでみた。手のひらにじかにひろがる、ふくらみの弾力と柔らかさと温かさは、ブラジャー越しとは比較にならない心地よさだ。それに、突きだした乳首の感触も、絶妙なアクセントになっている。

少年は乳房全体の手触りを堪能《たんのう》しながら、突起部を人差し指でクリクリといじりまわした。

「あっ、んんっ……そう、ああんっ、それ、いいわぁ……翔太くぅん、上手よぉ」

身体を小さくくねらせながら、甘い声で気持ちよさそうに喘ぐ仁美。

「仁美さん、感じてるの？」

「んああっ、うん……翔太くん……あはぁんっ、初めてにしては……んんっ、いい感じぃ」

社交辞令かもしれないが、褒《ほ》められれば悪い気はしない。

しばらく、夢中になってバストの感触を味わっていると、美人ナースが翔太の首に両手をまわしてきた。

「んああっ……ねぇ、翔太くん。吸って。わたしの乳首、吸ってちょうだい」

そう言うと、仁美が腕に力をこめて、少年の顔を自分の胸に押しつけた。

突然のことで、翔太は枕に顔を埋めるように看護婦の胸の頂点に唇を押し当てた格好になる。

（んぷっ……うわぁ、オッパイがこんな……）

目の前にひろがるふくらみときめ細やかな肌に、少年はすっかり目を奪われていた。

バストの感触そのものは、智佳の胸の谷間に顔を突っこんだときにわかっていたつもりだが、こうして山の頂点に口を押しつけると、狭間とはまた違った味わいがあるような気がする。それに、肌のぬくもりや女性の香りもはっきり感じられて、興奮を煽りたてる。

翔太は、口を少し開いて桜色の突起物を口に含むと、軽く吸いあげてみた。

その途端に、仁美が「んあっ」と甲高《かんだか》い声をあげ、身体をピクンと震わせる。

(どうやら、こんな感じでいいみたいだな)

そう判断した少年は、チュバチュバと音をたてながら、乳首を激しく吸いあげた。

「あっ、あうっ！　そう、もっと強く……んんんんっ……んはっ、んんっ、あっ、そんな音を……あんっ、たてちゃ……はううんっ、恥ずかし……あっ、いいっ！　いいのぉ、はうぅん！」

快感に酔いしれた仁美が、甘い声で鳴く。

その声を聞いていっそう自信をつけた翔太は、さらに舌で突起全体を舐めまわした。

「うあっ、ああんっ！　あっ、あっ、それ、痺れるぅ！」

ナースの反応を見ながら、スイッチを押すように舌先でツンツンと乳首をふくらみに押しこんでみる。

「ひゃんっ！　くううっ……それも……ああっ、感じちゃうわぁぁ！」

ビクビク震え、歓喜の声をあげる仁美。

翔太は、彼女の乳首を弄《もてあそ》ぶことにすっかり夢中になっていた。赤ん坊のように乳頭を吸い、ときにペロペロと舐めまわし、意表をついて舌先で突っつく。この三つの動作だけで、美人看護婦は激しく喘いで顔が艶やかな歓喜の色に染まっていく。

こうしている間に、射精によって一時的に衰えた勃起も元の硬さを取り戻す。

やがて、仁美がもどかしげに腰をくねらせはじめた。

「あんっ、あんっ、翔太くぅん……んんっ、下……下も触ってぇ！」

そう言うと、ナースは軽く腰を浮かせて、乳首に吸いついたままの少年の手を優しく握って自分の股間へと誘導した。

パンティーの上から触れると、熱を帯びたそこはすでにしっとりと湿り気を帯びていた。下着越しだというのに、指に染みだした蜜が絡みついてくる。

(すごい……仁美さんのオマ×コ、こんなに濡れてる。女の人って、興奮すると本当に濡れるんだ)

そう思うと、なぜか女体の神秘に妙な感動を覚えて、ますます興奮してしまう。

「翔太くん、指を動かして。筋、わかるでしょう？　それに沿って、こするみたいに指を動かすの」

頭に血が昇りすぎて、なにをどうすればいいのか自分で判断できなくなっている少年は、ただ白衣の天使の指示に従って、秘裂に沿って指の腹を押しつけるように動かしはじめた。

「んっ、そう……あっ、んんっ……指、いいわぁ……あんっ、けど……お口でも、ちゃんとしてね」

と指摘され、翔太は指を動かすほうに気を取られて、乳房に吸いついたまま口がすっかり疎《おろそ》かになっていたことに、ようやく気づいた。

慣れない行為に戸惑いながら、少年はどうにか舌と指を同時に動かして、美人看護婦に二点からの刺激を与える。

「あうっ……はっ、んっ……くうぅぅん……そう、ああっ……いいわぁ、はうぅぅん……翔太くん、ああっ、初めてにしては……あふぅん、上手よぉ！」

仁美が喘ぎ、乳首に吸いついたままの少年の頭をギュッと胸に押さえつけた。

（うぷっ……ちょっと苦しいけど、柔らかくて温かくてスゲー気持ちいい〜！）

ますます興奮してきた翔太は、乳首を舌で荒々しく弄びながら、布の隙間から秘部に指を滑りこませた。そして、ナースが言葉を発するよりも早く、割れ目に直接指を這わせる。

「あっ、それ……あううっ！　か、感じるぅぅぅぅ！」

いちだんと腕に力をこめて、美人看護婦が大きくおとがいを反らして喘ぐ。

(仁美さんが感じてる……俺が、仁美さんを気持ちよくしてあげているんだ)

そう考えると、不思議な優越感と興奮がいちだんと高まって、鼻血でも出そうなくらい頭がのぼせてくる。

(でも、もっと感じてほしい。もっと、仁美さんの喘ぐ声を聞いていたい)

そんな思いに支配されて、翔太は舌と指の動きをいっそう激しくした。

「ひいっ、しょ、翔太く……ああっ、そんなっ……くううっ、激しすぎっ……ひゃあああぁんっ、ダメぇ！」

仁美が、髪を振り乱しながら身体を震わせた。しかし、「ダメ」という言葉とは裏腹に、指に絡みつく蜜の量はますます増え、ベッドのシーツに流れ落ちてシミを作っている。

「ああっ！　もう、我慢できない！」

ついに、仁美が少年の顔を胸から引きはがした。

「欲しい！　翔太くんの硬くて太いお注射、欲しくてたまらないのぉ！」

そう言うなり、美人看護婦が翔太の上体をベッドの背部に押し当てた。その衝撃で右足から痛みが来て、少年は思わず「ぐあっ」と声をもらしてしまう。

「あっ、ごめんなさいね、翔太くん。足、痛かったかしら?」

自分の口もとに手をやり、仁美が心配そうに聞いてくる。

「えっと、はい。ちょっと」

「興奮しすぎて、翔太くんがどうして入院しているか忘れていたわ。本当にゴメンね。このあとは、優しくしてあげるから許して。ねっ」

まるで小さな子供に言い聞かせるような口調で、七歳年上のナースが謝る。

仁美は、いったん翔太の上から降りると、ベッドの背部を寝かせた。そして、ナース服と下着を脱ぎ捨てると裸体をあらわにした。

その美しさに、翔太も目を奪われて「うわぁ……」と感嘆のため息をもらす。

実際、美人看護婦の肉体は、ハードな仕事をしているにもかかわらず、まるでグラビア雑誌に出てくるモデルのように均整が取れている。

「じゃあ、わたしに任せて。翔太くんは、ジッとしていてちょうだい」

と言って、裸の仁美が再びベッドに乗ってペニスを優しく握った。

「うふふ……翔太くんのオチン×ン、一度出しているのにお腹にくっつきそうなくらい元気になって。これじゃあ、挿《い》れるのも大変だわ」

と楽しそうに言いながら、美人ナースはペニスを持ちあげて自分の腰の位置を調整する。そして、肉注射器の先端をぬめった秘部に押し当てた。

まだ挿入もしていないというのに、先が割れ目に当たっただけで再び射精してしまいそうな心地よさが、少年の背筋を駆けあがる。かろうじて我慢できたのは、すでに一度精を出していたからだ。そうでなかったら、この瞬間に暴発していただろう。

「それじゃ、いくわよ」

仁美が妖艶な笑みを浮かべたまま、ゆっくりと腰をおろしはじめた。

ペニスの先端が、ぬらついた肉襞を押し割りながら、ズブズブと奥のほうへと呑みこまれていく。

「うっ……ううう っ……」

いまだかつて経験したことのない快感に、少年の口から思わず声がこぼれた。フェラチオもよかったが、全体が熱くぬめった襞にじんわりと包まれていく感触は格別だ。

間もなく、鈴口の先がコツンとなにかに当たる気配があり、美人看護婦のヒップが翔太の太腿に触れて、竿の根元まで熱い感触にスッポリと覆われた。

「はああ……翔太くんの、すごい。わたしの子宮口に当たってるわ」

どうやら、先端部が触れたのは子宮口だったらしい。ただ、それが珍しいことなのかどうかわからないので、少年にはなんとも答えようがなかった。おまけに、ペニスを包みこむ膣道の感触があまりに心地よくて、言葉を発する余裕もない。

「どう、翔太くん？　わたしのなかは気持ちいい？」

「は、はい……こんなの初めてで、その、俺、なんて言ったらいいか……」

もう少し気の利《き》いたセリフが出てくればいいのだが、女の子と付き合ったこともない少年は初体験ですっかり舞いあがってしまい、どうにもいい言葉が思いつかない。

「それじゃあ、動くから。翔太くんは、ジッとしててね」

仁美が翔太の胸に手をついて、ゆっくりと腰を小さく上下に動かしはじめた。

彼女の動きに合わせて、ペニスに絡みついた肉壁が摩擦を生みだし、少年のほうにも得も言われぬ快感をもたらす。

「あっ、んっ、はっ、あんっ……ああっ、い、いいわ……奥でジンジンくるのぉ。こんなの、久しぶりだわぁ」

腰を振りながら、甘い声で喘ぐ美人ナース。

「くうっ……すごい……」

翔太も、あまりの心地よさに思わずうめき声をあげてしまう。

普通に性への興味を持っていた少年は、セックスに対してさまざまな妄想をしていた。しかし、手とも口とも違うぬめった肉壁に肉棒全体をしごかれる快楽は、想像をはるかに超える甘美なものだった。愛液でネットリしながら、竿全体をきつめに締めつけてくる感触で、脳味噌《のうみそ》がとろけてしまいそうな気さえする。

「んあっ……ふふっ……翔太くんのオチン×ン、あんっ、わたしのなかで、ピクピクしてるの……あはあんっ、はっきりわかるわぁ……んはあぁ……でも、もっとよくしてあげる」

そう言うと、美人看護婦が上下動に加えて、腰をくねらせる旋回運動もはじめた。

（うわあっ！　こ、これは……）

横の動きが加わったことで、膣道のペニスへの絡みつきがいちだんと強くなった。しかし、そんなきつい締めつけのなかにもどこか優しさを感じさせるのは、彼女の性格が表われているからなのだろうか？

「くっ、んんっ……ああぁっ、いいっ！　翔太くぅんっ!!　もっと、ああっ、もっと気持ちよく……あんっ、なりたいのぉ!!」

おとがいを反らした仁美が、激しく喘ぎながら美しい裸体のくねりをさらに大きくする。

「あっ、くううんっ！　いいっ、オチン×ンがこすれて、あはああっ、とってもいいのぉ!!」

防音がしっかりしているという安心感からだろうか、美人看護婦は欲望の赴《おもむ》くままに快感を貪《むさぼ》って嬌声《きょうせい》をあげる。

翔太のほうも、初めて味わう鮮烈な刺激に酔いしれていた。

ナースの腰の動きが激しくなると、最大限に勃起したペニスが膣肉をえぐるようにこすする。そのたびに、熱く柔らかな壁が肉竿にウネウネと妖しく絡みついてきて、頭が真っ白になってしまうような強烈な快感をもたらしてくれる。

「あんっ、あんっ、はううっ！　翔太くん、いいのっ！　ああっ、わたし、とってもいいの！　あふうっ、翔太くんは？　ああんっ、翔太くんはどう？」

「お、俺も、いいです！　仁美さんのオマ×コ、最高です！」

と答えた途端に、少年のなかで射精感が一気に湧きあがってきた。

どうやら、一週間以上の我慢は、一度の放出だけでは満足できなかったらしい。おまけに、女性の内部を初めて味わっているという興奮があって、どうにも昂《たかぶ》りを抑えきれない。

「仁美さん！　俺、もう出そう！」

「あんっ、ダメッ、待って！　もうちょっと……ああんっ、わたしも、すごくよくて

「……はううっ、久しぶりで……もうすぐだから、一緒に、一緒にぃぃぃ！」

と言うと、仁美が腰の動きを小刻みな上下動に切り替えた。

それによって、膣肉をかき混ぜる感覚はなくなったが、ペニスをしごかれるような感覚が強くなる。さらに、ぬめった壁が収縮を繰りかえして射精をうながす。

（くっ……なんとか、もうちょっと我慢しなきゃ）

女性をイカせる前に暴発してしまうのは男として恥ずかしい気がして、翔太は上で激しく喘ぐナースが絶頂に達するまで、どうにかこらえようとした。だが、ついさっきまでチェリーボーイだった少年に、この快感をしのぎきる術《すべ》などあるはずもない。

「ううっ、もうダメだ！」

とうめくなり、翔太は二度目とは思えないほど大量の白い注射液を、美人看護婦の膣内に注ぎこんでいた。

「あっ……はあああぁぁぁぁぁんっ！」

その瞬間、仁美が大きく背を反らしながら甲高《かんだか》い声をあげて、全身を硬直させた。

スペルマごと精力まですべて奪い取られるような錯覚に襲われ、少年の体中から力が抜けて目の前も暗くなってしまう。だが、それが天にも昇る心地よさをもたらしてくれた。

（ああ……けど、なんて気持ちがいいんだろう）

射精の快楽に酔いしれ、自分が今なにをしているかも考えられない。

そうして長い精の放出が終わると、少年の頭のなかは燃えつきたようにすっかり真っ白になっていた。今はただ、スペルマを根こそぎ吸い取られた虚脱感と、初体験で激しく射精できた満足感しかない。

そこに、身体を強《こわ》ばらせていた仁美が、グッタリと少年の胸に倒れこんできた。

「ああ、翔太くんの、なかにいっぱいぃぃ……ふふ……子宮口にザーメンが当たるのを感じて、わたしもイッちゃったわ。すごく、気持ちよかったぁ」

うっとりした表情で、年上のナースがつぶやく。どうやら、仁美も絶頂に達したようだ。

（一応、仁美さんも満足してくれたみたいだな）

そう思うと、なんとなく嬉しくなるし、初体験が成功したことへの安堵《あんど》と自信も湧きあがる。

やがて、呼吸を整えた美人看護婦は、身体を起こして少年から離れるとティッシュで精液の処理をはじめた。自分の股間を拭《ふ》き、つづいて愛液と精液でまみれたペニスを綺麗に拭き取る。翔太は快感の余韻《よいん》に浸っていて、ナースのなすがままだ。

精の処理を終え、ナース服を着こむと、仁美はたちまち美人で穏やかな笑みを絶やさない本来の姿を取り戻した。つい今し方まで少年の上でよがっていた淫らな気配は、もはやまったく感じられない。

その変化の素早さに、翔太は驚きを隠せなかった。

美貌の白衣の天使は、少年をベッドからいったんおろしてシーツを交換し、秘め事の残滓《ざんし》をすべてテキパキと処理する。

それから、セックスの跡で汚れたシーツを手にした仁美が、改めて少年を見つめた。

「ところで、翔太くん？　智佳ちゃんのこと、どう思っているの？」

智佳の名前が出てきて、翔太の心臓がドキンと大きく音をたてて跳ねあがった。

「な、なんですか、いきなり？　俺は別に、あいつのことなんてなんとも……」

「あら、そうかしら？　翔太くん、本当は智佳ちゃんのことが好きになっているんじゃないの？」

「そんな……そんなことは……」

と、否定しようとしたものの、なぜか言葉がつづかなかった。

ナース候補生の少女には、最悪の出会い方をした挙げ句、怪我をさせられたという思いがある。しかし、すでにそれは少年のなかでは小さなことになっていて、むしろ今は彼女と知り合えたことを純粋に嬉しく思っていた。

もちろん、真維と話すのも楽しいし、年上で美人の仁美にも憧れの感情を抱いている。だが、智佳に対してはこの二人とは違う思いを、いつしか持つようになっていた。それに、いまだにケンカが絶えないものの、実習生の少女と会えるのが翔太にとって心からの楽しみになっている。

(やっぱり仁美さんの言う通り、俺、水原のこと……でも、あいつはどうなんだろう？　俺の世話をしてくれるのが、単に怪我をさせた責任感だけだったら……)

そんなことを考えると、どうしようもない不安に苛《さいな》まれてしまう。

「翔太くん……」

なおも煮えきらない少年を、仁美がなんとも悲しそうな目で見つめていた。

相談? 見習い看護婦・バージン騎乗位

1 妹の退院・姉の想い

その日、車椅子に乗った翔太は、智佳と仁美に付き添われて病院のロビーにいた。

「お姉ちゃん、お兄ちゃん。お待たせ」

元気な声がして、ワンピースにコートを羽織ったツインテールの少女が、受付のほうからやってきた。どうやら、退院の手続きが終わったらしい。彼女の胸には、相変わらず子熊のぬいぐるみが抱かれている。

「真維ちゃん、退院おめでとう」

「ありがとう、お兄ちゃん。って言っても、何度もしてるから、もう退院って言ってもあんまり嬉しくないんだけど。えへへ……」

と、苦笑いを浮かべる真維。

「真維、気をつけて帰るのよ」

車椅子のグリップを握っている智佳が心配そうに声をかけると、心臓病の少女が笑顔を見せた。

「大丈夫。今日は、お母さんもいるんだから」

そこに、姉妹の母親がやってきた。彼女は、仁美と軽く挨拶《あいさつ》を交わしてから翔太に近づき、「娘たちがご迷惑をおかけしました」と深々と頭をさげた。どうやら、少年の怪我の原因もちゃんと知っているらしい。

ただ、あまりの丁重さに翔太はなんと答えていいかわからず、「いえ、そんなことは……」と応じることしかできない。

「ねぇ、お兄ちゃん。真維は退院しちゃうけど、お兄ちゃんのお見舞いにいっぱい来てあげるね」

「ああ、楽しみにしているよ」

中等部の校舎は、心臓の弱い少女が歩いて通えるくらい病院に近い場所に建っている。見舞いに来るくらいのことは、なんの問題もないだろう。

その後、真維は母親と手をつなぎ、嬉しそうに外へと出ていった。

（あんなに元気そうなのに心臓の病気だなんて、なんだか信じられないな）

そう思いながら背後を見ると、智佳が心配そうに妹の後ろ姿を見つめていた。

「水原、真維ちゃんが退院して嬉しくないのか？」

「そりゃ、嬉しいけど……でも、またいつ発作《ほっさ》を起こすかわからないし。そうしたら、またしばらく入院することになるのよ。あの子が生まれてから、ずっと同じことの繰りかえし……」

「なぁ、真維ちゃん本人には聞けなかったけど、手術ってできないのか？」

すると、智佳が首を横に振った。

「できるのよ。小さい頃は、心臓が小さくて手術しづらかったんだけど、今なら充分にできるってお医者さんも言っているわ。それに真維の病気の場合、手術の成功率が八割以上だし、成功すれば元気になれるんですって」

「だったら、どうして手術しないんだ？」

「真維が、ものすごくいやがっているのよ。そりゃ、百パーセントが成功しているわけじゃないし、自分の心臓にメスを入れるのが怖いっていうのもわかるわ。でも……」

少女の言葉が、そこで途切れた。しかし、本当なら手術を受けてほしいという気持ちが、表情からもひしひしと伝わってくる。

(確かに、俺にも真維ちゃんの気持ちはわかるけど……でも、今みたいに入退院を繰りかえさないですむんなら、そのほうが絶対にいいと思う。それなのに、どうして手術をしたがらないんだろう?)

と翔太が思っていると、実習生の少女がハッとして自分の口を押さえた。

「あ、あたし……もう、なに人の顔ジロジロ見てるのよ?」

ついさっきまでの殊勝《しゅしょう》な様子が消え失せ、智佳はすっかりいつもの調子に戻ってしまった。

「別に、なんでもねーよ。水原が、あんまり心配そうな顔をしてるから、ちょっと励ましてやろうと思っただけだって」

「えっ……あ、あんたなんかに励まされたって……その、ちっとも嬉しくなんてないんだから。本当だからね! 変な誤解しないでよ!」

どこか落ち着きのない態度で、少女が食ってかかる。さすがに、こういう言い方をされると、翔太のほうもカチンときてしまった。

「あー、そうかい。俺だって、人の足の骨を折った相手の心配なんて、本当はしたくねーんだよ」

「なんですってぇ!」

二人がにらみ合いをはじめるなり、

「はいはい。こんなところでケンカしないの」

と、仁美が素早く間に割って入った。いくらなんでも、病院のロビーでのケンカはマズイと思ったのだろう。

そんないつも通りのやり取りをしながらも、翔太は胸の高鳴りを抑えるのに必死だった。

（う〜ん、仁美さんとエッチしてから、ますます水原のことを変に意識するようになっちゃったよ。いったい、どうすればいいんだろう？）

「はぁ、今日もまたケンカしちゃった。いつも、今日こそケンカしないでおこうって思っているのに」

実習服から制服に着替えて病院をあとにした智佳は、夜道を歩きながら独《ひと》りごちていた。

妹の退院を見送って、車椅子の翔太を部屋に送り届けたあとも、先輩ナースの仁美が呆《あき》れてとめに入るまで、少年との口ゲンカは絶えなかった。

いつも、「今日こそはケンカをしないでおこう」と誓っているのだが、守れたことはいまだかつて一度もない。

(とにかく、最近あいつの近くにいるとなんだかドキドキして、つい感情的になっちゃうのよね。どうしてかしら?)

最初は、翔太のことを胸を触った憎らしい相手としか思っていなかったので、彼の言動がいちいち癪《しゃく》に障《さわ》って反発していた。しかし、今ではそんな感情もない。

それに、しばらく近くにいたら、少年が意外なくらいの優しさを持っていることにも気づいた。病弱な真維にはとにかく優しいし、ちょっと口は悪いものの少女や先輩ナースにもさりげなく気を遣ってくれている。

(本当なら、気を遣わなきゃいけないのはこっちなのに……)

翔太とついついケンカしてしまう主な原因が自分の心にある、ということは智佳自身もわかっていた。

はじめこそ、自分が怪我をさせたという責任感から、実習がてら彼の看護を受け持っていた。だが、いつもケンカになってしまいながらも、今では少年の病室に行っていろいろな話や世話をすることを楽しみにしている。

それは、もう看護の枠を越えた感情へと進化し、最近は家にいても学校にいても、時間があれば翔太のことばかり考えていた。しかも、妹の真維が少年と楽しそうに話をしているのを見ると、なんとなく気持ちが苛立《いらだ》ってしまう。

（あたし、まさか羽澄のこと……ダメ！　あたしは、ナースになるまで恋なんてしないんだから！）

智佳は、幼い頃から妹の見舞いで頻繁に病院へ行っていたが、以前は看護婦になりたいとは思っていなかった。

しかし、小学四年生のとき、父親が交通事故に遭って聖凜総合病院に運びこまれた。結局、父の命の火は尽きてしまったものの、このときに見た医師やナースたちの懸命な働きが、智佳の心に大きな感動となって残り、看護婦を志すことにしたのである。

ただ、そのときに少女は一つの誓いを立てていた。

「ナースになるまでは、あたしは他の子みたいにオシャレもしないし、男の子とも付き合ったりしない」

もちろんオシャレについては、専業主婦だった母が女手一つで家計を支えるようになって、収入が激減したという事情もある。なにしろ、保険が適用されているとはいえ、頻繁に入院する真維の医療費はバカにならない。いくら、事故死した父の保険金などが入ったにしても、贅沢《ぜいたく》をする経済的な余裕などまったくない。

それに、恋愛にうつつを抜かしていたら、「ナースになる」という目標が遠のきそうな気がしてならなかった。だから、これまで男子との接触も意識的に避けて、ひたすら勉強に励んできたのである。

（あたしが羽澄の面倒を見るのは、ナース候補生なのに怪我をさせた責任があるからよ。そうよ、ただそれだけ……）

しかし、そんなことを考えるほど、なぜか心が乱れてしまう。

「……あたし、本当にどうしちゃったんだろう？」

夜道を歩きながら、少女はまわりまで重苦しい雰囲気にしそうなくらい、深いため息をついた。

2 密かな楽しみ

重度の捻挫《ねんざ》だった翔太の左足のギプスもようやく取れ、テーピングで足を固定するだけになった。複雑骨折した右足の回復も順調で、ギプスを取るのはまだ先になるものの、もう少ししたら松葉杖を使って左足で歩く訓練ができるらしい。

また、ベッドで寝てばかりなのはかえってよくないとのことで、翔太は車椅子での移動が許された時点で、積極的に動くように医者から言われていた。とはいえ、まだ外出は許可されていないし、誰かが必ずついていることが、病室の外に出るときの条件になっているが。

「あっ、もうこんな時間。それじゃ、お姉ちゃん。真維は先に帰るから。お兄ちゃん、仁美お姉ちゃん、またね」

夕方になり、学校帰りに見舞いがてら遊びに来ていた真維が、そう言って名残惜《なごり》しそうに病室を出ていった。今は智佳が実習で帰宅が遅くなるため、心臓病の少女が働いている母親の代わりに夕飯の準備をしているらしい。

「俺も、そろそろベッドに戻るわ」

「うん。じゃあ、肩につかまって」

と、屈みこんだ智佳の肩に手をかけた少年は、体を支えてもらいながら車椅子から左足で立ちあがった。まだ単独では難しいが、こうして支えがあればほんの少し立つくらいはできる。

「じゃあ、いくわよ。よいしょっ」

ナース候補生のかけ声に合わせて、体の向きを変える。そのとき、かすかだが翔太の体に少女の大きなバストが触れた。

（おおっ。また、水原のオッパイが……）

そう思った途端に、少年の心臓の鼓動がドキドキと速まった。

いつも、こうして介助してもらうときに、ほんのわずかだが智佳のふくよかな胸に手や身体が触れる。この瞬間が、楽しみでならない。

しかし、実習生の少女はそんなことに気づいた様子もなく、「どっこいしょ」と翔太の体をベッドに移す。

少年のささやかな至福の一時は、あっという間に終わりを告げてしまった。

(でも、まだ楽しみはあるんだよね)

それからナース候補生の少女が、仁美の指示を受けながら、翔太の左足首のマッサージをはじめた。これは、ずっとギプスで固定されていて筋肉が硬直した足首の、機能回復訓練である。もちろん、リハビリのときに専門医にもしてもらっているのだが、この時間のマッサージは智佳の練習も兼ねていた。

それにしても、ナース候補生の手が自分の肌に触れているというだけで、気恥ずかしいようなドキドキ感を覚えてしまう。また、足のマッサージをする少女を横から見ると、否応なく大きな胸が目に入る。すると、自然に一物の海綿体が体積を増す。

(こんなところ、水原に気づかれたらヤバイよ)

冷や汗をかきながら、翔太は実習生の少女からのマッサージを受けつづけた。幸い、智佳はまだマッサージの手順を覚えることに精いっぱいで、少年の様子にまで気がまわっていないようだった。

しかし、こうしていると「思いきって抱きしめたい」という衝動に駆られて仕方がない。

(いや。そんなことをしたら、絶対にダメだ。今は、仁美さんもいるし……それに、変なことをしたら水原に嫌われちゃうかもしれない)

と考えて、翔太は欲望をグッと抑えこんだ。

初体験以後も、翔太は何度か仁美から性のレッスンを受けていた。おかげで、女性の身体には少しは慣れたつもりだが、告白したり自ら行動を起こす度胸だけはどうしても身につかない。

だが、女体への渇望、特に実習生の少女への欲望は、以前にも増して強まっていた。

(クッソー、エッチを教えてもらったのはいいけど、かえって興奮しやすくなっちゃったじゃないか。仁美さんのせいだぞ、これは)

焦りに似た感情に苛《さいな》まれて、翔太はナース候補生に指示を出している美人看護婦に責任を転嫁《てんか》する。

やがて、一通りの作業を終えると、智佳が立ちあがった。

「それじゃあ、あたしは帰るから。仁美さん、お先に失礼します」

実習生の少女が、翔太と先輩ナースに事務的な挨拶《あいさつ》をして部屋から出ていく。

「智佳ちゃん、だいぶ手際がよくなったわね」

二人きりになると、ベッドに上体を起こした翔太に対し、美人ナースがにこやかに話しかけてきた。しかし、己《おのれ》の内側に湧きあがった欲望を抑えることに必死な少年は、

「はぁ……」という生返事しかできない。

「あら、どうしたの、翔太くん？」

と、首をかしげる仁美。

(恥ずかしいけど、もう我慢できないや)

そう考えた翔太は、思いきって口を開くことにした。

「あの、仁美さん……俺……その、また……」

だが、さすがになんと言えばいいのかわからず、つい口ごもってしまう。

それでも、少年の考えを悟《さと》ったのだろう、仁美がイタズラっ子のような笑みを浮かべた。

「なぁに？　もしかして、またエッチしたくなっちゃったの？」

「は、はい……」

ところが、七歳年上の看護婦は時計を見ると、顎《あご》に手を当てて少し考えこんだ。

「う〜ん……今日は、もうあんまり時間がないのよね。あっ、そうだ。お口でしてあげるから、それだけでいいかしら？」

本当なら膣の感触をまた味わいたかったが、ナースの仕事が多忙なのはわかっているのであまりワガママは言えない。それに、自慰の残滓《ざんし》を自力で処理するのはまだ難しいし、そもそも女性の身体を知った今となっては、孤独な指戯で性欲を発散する気になどならない。となれば、たとえ口であっても奉仕してもらえるのはありがたい、と言うべきだろう。

「えっと……じゃあ、お願いします」

「ふふっ……はいはい」

妖艶な笑みを浮かべた仁美が布団《ふとん》をめくり、翔太の入院着の前をはだけてパンツをあらわにした。

「うふふ……こんなにおっきくしちゃって。本当に、元気なんだから」

嬉しそうに言うと、ナースが手慣れた様子でパンツの奥に手を突っこみ、一物を取りだす。

「はぁ。いつ見ても、翔太くんのこれすごいわ。大きくて硬くて、とっても立派」

「ど、どうも……」

ペニスを褒《ほ》められることにはどうしても慣れないため、翔太は戸惑いがちに笑みを浮かべる。

白衣の天使は竿を優しく握ると、ゆっくり手を上下に動かしはじめた。それだけで、陶然としそうな刺激が少年の体を走り抜ける。

「まだはじめたばかりなのに、こんなにビクビクしてる。うふふ……もっと、よくしてあげるわね」

と言うなり、美人看護婦が竿を口に含んだ。

「んっ、んっ、んっ、んっ……んぐ、んぐ、んぐ……」

肉棒をしごくように顔が動くと、シャフト全体から、得も言われぬ快感がひろがって、翔太の理性を溶かす。

「ああ、仁美さん。やっぱり、すごく気持ちいいです」

「んはっ。そう？　それじゃあ……」

仁美がいったんペニスを口から取りだし、ベッドに乗っかってきた。そして、四つん這いのような格好になって、男の強張《こわば》りを再び深々と咥《くわ》えこむ。

「んじゅ、んじゅ……んぐ、んぐ、んぐ……ブジュ、ブジュ、ブジュ……」

夢中になって一物を刺激する仁美の口から、淫らな音と吐息《といき》のような声がこぼれる。

竿《さお》全体に唾液がなじむと、美人ナースは肉注射器を持ちあげるようにして、陰嚢《いんのう》から裏筋にかけて舌先でチロチロと舐めあげはじめた。

筋に沿った集中的な刺激に変わり、少年の背筋にゾクゾクするような快電流が駆け抜ける。

「はっ、ううっ！　それっ、スゲーいいっす！」

「んふっ。翔太くん、レロ、レロ……ここが、とっても弱いのよね？　ンロ、ンロ、ンロ……うふふ、本当に、とっても気持ちよさそう」

と、妖しく微笑む仁美。おそらく、今までの行為で少年の弱点を把握したのだろう。

「んふっ、レロ、レロ……ンロ、ンロ、ンロ……」

美人ナースは、射精をうながすかのように裏筋への愛撫の位置を少しずつ上にあげて、亀頭のもっとも太い部分に舌を近づけていった。その動きだけで、翔太の腰は燃えるように熱くなって先走り汁が先端から溢れだしてくる。

白衣の天使が、手で角度を調整しながらカリをネットリと舐めまわす。

「くうっ！　そ、そこは……ううっ……」

快感のあまり、翔太は苦しさを感じていた。快感と苦痛は表裏一体だと聞いたことがあるが、どうやら本当らしい。

少年の昂《たかぶ》りは最高潮になり、意思とは関係なくペニスがビクビクと痙攣《けいれん》を起こしはじめる。

「んはっ、翔太くん、もうイキそう？　イキそうなの？」

異変に気づいたナースが、口を離して聞いてくる。

「うううっ。は、はい。俺……」

うめきながら答える翔太。すると、仁美がカウパー氏腺液をすくい取るように、鈴口の筋に沿ってレロレロと舌を往復させはじめた。

自分でしていたらほぼ触れることのない先端部への鮮烈な刺激に、少年は「うはあっ！」と声をあげて大きくおとがいを反らす。

「くうううっ……ひ、仁美さん、そんなことしたら……出る！　ホントに、もう限界だよ！」

「ぷはあっ、いいよ。出して、いっぱい。翔太くんのセーエキ、わたしのお口にいっぱい出してぇ！」

と言ってから、仁美はペニスの先をしっかり咥《くわ》えると、手と口を使ってシャフトを激しくしごいた。

その刺激がダメ押しになって、翔太は「くうぅっ」と小さくうめくなり、美人ナースの口内に大量の男のエキスを注ぎこんだ。

「んんっ！　んっ、んっ、んっ……んむ、んむ、んむ……」

声をもらしながら、ためらうことなく白濁液を喉の奥へと流しこんでいく仁美。今では、彼女も射精の勢いをしっかり計算し、口内だけで精を処理している。

（いつものことだけど、やっぱり自分でするよりいっぱい精液が出ているよなぁ）

それに、放出後に訪れる虚脱感や満足感も、オナニーとは比べものにならなかった。この快感を知った以上、もう自慰だけで満足していた頃にはとても戻れそうにない。

やがて精を搾りつくすと、仁美がチュポンと音をたててペニスから口を離した。

「ぷはぁ……翔太くんの精液、とっても濃くておいしいわ。どうして、いつもこんなに濃いのが出るのかしら？　やっぱり、若いからなのかしらね？」

美人ナースが、恍惚《こうこつ》とした表情でつぶやく。

自分ではよくわからないことなので、翔太は射精の余韻《よいん》に浸りながら「はぁ……」と曖昧《あいまい》な返事をして、ポリポリと頬をかいた。

その後、仁美はいつものようにティッシュで一物の残滓《ざんし》を処理し、洗面台で自分の口をゆすぐと、優しい目で少年を見つめた。

「それじゃあ、わたしはもう行くから。またね、翔太くん」

と言って、白衣の天使は何事もなかったかのように部屋から出ていく。

一人きりになった翔太は、フェラチオ後の心地いい余韻に浸りながらベッドに寝そべった。

溜まっていたものを処理してもらったおかげか、ムラムラした感覚はようやく収まった。しかし、微妙な不満が体の奥にくすぶったままになっている。

その理由は、もう少年自身にもわかっていた。

（仁美さんにしてもらうのも、すごくいいんだけど……やっぱり、俺は水原に……）

と、翔太はナース候補生の少女に思いを馳《は》せた。

3　わたしにまかせて

放課後の時間になり、仁美が別の患者の看護にまわっている間、翔太は智佳に勉強の面倒を見てもらっていた。

まだ、左足はしっかりテーピングされていて歩くことはできないが、もう痛みはすっかりなくなっている。今後は、様子を見ながら松葉杖を使った歩行訓練に入る予定だ。ただ、医師によると、間もなくはじまる学期末テストまでに退院するのは絶望的らしい。

もっとも、あいにくと言うべきだろうか、数日のうちには病院から学校に直接行けるようになるようだ。高等部の校舎には障害者用のエレベーターがあるので、最悪でも車椅子でテストを受けられる。そのため、入院による勉強の遅れを理由に期末テストは免除してもらえなかったのである。

元来、翔太は勉強があまり好きではないので、成績が少しくらい悪くてもあまり気にはしていない。とはいえ、赤点をあまり多く取ってしまうと、ただでさえ少ない冬休みの半分が補習でつぶれることになる。それだけは、とりあえず避けたいところだ。

しかし、病院で自習をしていても、効率はまったくあがらない。そこで、智佳が仕事の空き時間を利用して、少年に勉強を教えてくれることになった。今は、日本史の勉強をしている。

いつもなら、学校帰りの真維が見舞いに来る時間だが、こちらも入院で勉強が遅れたぶんを取り戻すための補習がはじまったそうで、しばらくは今までのように頻繁には顔を出せそうにないらしい。

翔太はベッドで上体を起こし、サイドテーブルに日本史の教科書とノートをひろげていた。その傍《かたわ》らで、実習服姿の少女が自分のノートを見ながら、今日の授業の解説をしてくれている。

「……つまり、同じ江戸時代の百姓一揆《いっき》でも、時代によって性質がけっこう違うの。ここは、先生が『よく覚えておくように』って言っていたから、きっとテストに出るわよ。日本史の先生が同じで、ラッキーだったわね」

看護科でも、高等部の三年間は実習などの専門カリキュラム以外は、普通科とほぼ同じ内容の勉強をしている。そのため、科目によっては担当教師が普通科と同じこともある。

意外と言うべきか、智佳は普通科と共通の通常カリキュラムについては、クラスでもトップを争う優秀な成績を収めているそうだ。そのためか、彼女の教え方はへたな教師よりはるかにわかりやすい。

もっとも、今の翔太は手こそ動かしつつ、内容などほとんど上の空でナース候補生の少女に見とれていた。

（水原って、やっぱり可愛いよな。それに、胸も大きいし。クッソー、あのオッパイにまた思いっきり顔を埋めたり、触ってみたりしたいぜ）

智佳への思いは、日に日に募っていた。特にここ三日ほど、仁美のシフトの都合もあって性のレッスンを受けていない。そのため、若い性欲を持てあまし気味なのだ。

もちろん、以前なら悶々とするだけで終わっていただろう。だが、美人ナースと関係を持って以来、こうして実習生の少女と二人きりでいると、「抱きしめたい」という衝動にやたらと駆られるようになっていた。もっとも、その思いを実行する勇気はないのだが。

「ちょっと、聞いてるの？　ここ、テストに出るわよ」

智佳の声で、少年は我《われ》にかえった。

「えっ？　あ、ああ。もちろん」

「ならいいけど。最近、ちょっと変じゃない？　なんか、ボーッとしてるって言うか、元気がないみたいに見えるけど？」

「えっと……そうかな？」

「叩いたりしなければ、右足が痛いってことはもうないんでしょう？　いったい、どうしたの？」

と、智佳が顔を近づけてきて、心配そうに見つめてくる。

それだけで、翔太の鼓動のビートが一気に跳ねあがった。

（み、水原の顔がこんなに近く……あの唇にキスしたい。大きなオッパイを、思いっ

きり触ってみたい)

という欲求が、どうしようもなく高まってしまう。

なんでも、彼女は担当教師や専攻が違う科目については、わざわざ翔太のクラスに行ってノートやプリントをコピーさせてもらっているらしい。

(単なる義務感だけで、そこまでしてくれるもんかな？　もしかしたら、水原も俺のことを……)

今、彼女の顔も身体も、手を伸ばせばすぐ届く距離にある。

(ここで抱き寄せたら、水原は俺を受け入れてくれるかな？　いっそのこと、思いきって……いや、でも、もしも俺のことをなんとも思っていなかったら……)

へたをすれば、今の関係までもぶち壊してしまうことになるだろう。そんなことを思って、結局はなにもできない自分が無性に情けない。

少年が黙って見つめていると、やがて智佳がハッとして顔を離した。そして、頰をほのかに赤くしながら、視線を自分のノートに落とす。

「な、なんでもないなら、別にいいわ。それじゃあ、次に……」

少しそわつきながら、少女がさらに説明をつづけようとすると、ドアをノックして仁美が入ってきた。

「智佳ちゃん、翔太くん。勉強、お疲れさま」

「仁美さん？　あっ、もうこんな時間」

壁の時計を見た智佳が、目を丸くした。なるほど、確かにもう実習時間はとっくに過ぎている。

「智佳ちゃん、本当に毎日よくがんばるわね。実習だけでも大変なのに、翔太くんの勉強の面倒を見ていたら、自分の勉強をする時間がないんじゃないの？」

先輩ナースの言葉に、少女は小さく頭を振った。

「いえ。羽澄くんと同じ先生の教科だったら、あたしの復習にもなりますし。それに、彼に怪我をさせた責任はわたしにありますから。これは……えっと、義務だと思っています」

その言葉を聞いて、翔太は心のなかでガックリとうなだれる。

（責任……義務……水原が俺の面倒をいろいろ見てくれるのって、やっぱりそれだけの理由なのか？）

「じゃあ、あたしは帰ります。あとはお願いします、仁美さん。羽澄もちゃんと教科書を読んで、復習しておきなさいよ」

智佳はそそくさとノートなどをしまい、逃げるように部屋から出ていった。

実習生の少女の後ろ姿を見送ると、仁美が少年のほうに向き直った。

「その様子だと、智佳ちゃんとは進展がないみたいね？」

「進展って言われても、俺と水原はそういう仲じゃないですし……」

翔太がイジイジしながら答えると、美人看護婦が呆《あき》れたような顔をした。

「まだ、そんなこと言ってるの？　もう。翔太くん、男の子でしょう？　ウジウジしてないで、はっきりしなさい。智佳ちゃんのこと、好きなんでしょう？」

「えっと……はい」

白衣の天使の少し厳しい問いかけに、素直にうなずく翔太。

「だったら、どうして告白しないの？　智佳ちゃんも、前よりかなり翔太くんに優しくなったし、充分に脈はあると思うんだけど？」

「でも、あいつはさっき、俺の世話をするのは怪我をさせた責任があるからって……それに、仁美さんの言う通り前よりは優しくなった気はするけど、なんだか俺に壁を作っているみたいに思えて」

「う〜ん、壁ねぇ……確かに、ちょっとそういうところはあるかも」

ついさっきの態度もそうだが、最近の智佳の少年に対する言動には、優しさだけでなく意識的な冷たさのようなものも感じられる。翔太には、それがあくまで患者と実習生として接しようとする、彼女の意思の表われに思えてならなかった。

「水原って、やっぱり俺のこと嫌いなのかなぁ？　仁美さん、どう思います？」

少年の問いに、仁美が小さく首をかしげる。

「そうねぇ。あれだけ熱心に、キミの世話とか勉強の面倒を見たりしているんだから、嫌いってことは絶対にないと思うけど」

「俺、どうしたらいいんだろう？　告白して断られたらって思うと、怖くて……」

不安を訴えると、七歳年上のナースがしばらく考えこんで顔をあげた。

「……翔太くん。智佳ちゃんのことは、わたしに任せてちょうだい。悪いようにしないから」

自信に満ちた彼女の言葉に、翔太は「はぁ……」とうなずくしかなかった。

(仁美さんは年上なんだし、どうせ俺だけじゃなにもできないから、ここは任せるしかないか)

そう割りきると、智佳と二人きりでいるとき無理に抑えていた反動のように、急激に性欲が湧きあがってくる。

「あの、仁美さん。今日は時間があるんでしょう？　だったら、俺……してほしいんですけど」

だが、翔太の訴えに対して、美人看護婦は謎めいた笑みを浮かべながら首を横に振った。

「翔太くん、今日は我慢してちょうだい。明日……そう、明日になったら……ねっ」

（明日って……いったい、仁美さんはなにを考えているんだろう？）

不安を隠せないまま、少年は仁美のミステリアスな笑顔を見つめていた。

4 見せつけH

翌日、翔太は仁美と実習生の少女がやってくるのを、首を長くして待っていた。

（仁美さん、今日はエッチさせてくれるんだよな。でも、どうして昨日じゃなくて今日なんだろう？　それに、水原のことも「わたしに任せて」なんて言っていたけど、いったいどうする気なんだ？）

朝からそのことが気になって、どうにも落ち着かない。一応、サイドテーブルに教科書をひろげていたものの、ほとんど上の空で勉強になどまったく身が入らなかった。

仁美は、今日は朝からのシフトなので少年の部屋にも何度か顔を出した。しかし、二人きりになって翔太が「仁美さん」と訴えても、彼女は「あとでね」とにこやかにはぐらかすだけで、なにも教えてくれない。

そうして過ごす昼以降の時間は、異様なくらい長く感じられた。

やがて、夕方になってしばらく経った頃、美人ナースと実習服姿の智佳がようやく少年の病室にやってきた。

「羽澄、勉強の調子はどう？」

入ってくるなり、ナース候補生が聞いてくる。

他に言うことはないのか、と思いつつも、翔太も平静を装い、「まずまずかな」と答えた。だが、智佳の姿を見ただけで、胸の鼓動が情けないくらいに高鳴ってしまう。

そんな思いに気づいた様子もなく、実習生の少女は翔太に肩を貸して車椅子に移動させた。それから、シーツ交換などの作業をはじめる。

すでに、車椅子で動けるようになったので、諸々《もろもろ》の準備と看護師等の付き添いがあればシャワーを浴びるくらいのことは可能だ。そのため、清拭《せいしき》の必要がなくなり、智佳が少年にすることと言えば、シーツや寝間着の取り替えとギプスの取れた右足のマッサージ、あとは勉強の面倒くらいになっている。

かいがいしく働く少女の姿を、翔太はボーッと見つめていた。

彼女が動くたびに、後ろで束ねられた長い髪とふっくらしたヒップが、クイクイと左右に艶めかしく揺れる。

　どうということのない動作なのだが、性欲が溜まっているせいかそれだけでも欲情してしまう。

（ううっ。このままじゃ、蛇の生殺《なまごろ》しだよ。仁美さん、なんとかしてよ～）

　と、美人ナースのほうを見たものの、こちらはこちらで翔太の訴えるような視線を受け流して自分の仕事に専念していた。

（俺、もしかして仁美さんにだまされたんじゃ？……）

　という疑念すら、脳裏をよぎりはじめる。

　そうして、ベッドの整頓を終えた智佳が、少年を車椅子からベッドに移動させて一息ついたとき。

「智佳ちゃん、翔太くんのおしっこのほう、見てくれるかしら？」

　と、仁美が実習生の少女に指示を出した。

「えっ？　ええっ!?　仁美さん、羽澄はもう……それに、あたし……」

　智佳が、あからさまに動揺した様子を見せる。以前はなにかと失敗の多かった少女も、今では看護に必要なことはだいたいできるようになっていた。しかし、いまだに下《しも》の世話を大の苦手にしている。

それに、彼女が言いかけたことも想像がつく。

まだ、車椅子から便器への移動が難しいので介助は必要なものの、翔太はすでにトイレに行けるようになっていた。今さら、ナースに手伝ってもらって小用を足す必要などない。

だいたい、今はまったく尿意を感じていなかった。いったい、どうして仁美があんな指示を出したのか、少年にもさっぱりワケがわからない。

「どうしたの、智佳ちゃん？　できないのかしら？　翔太くんのオチン×ンを見るのが、そんなに恥ずかしいの？」

と聞かれて、頬を赤くして沈黙する智佳。すると、美人ナースが妖しく微笑んだ。

「ねぇ、智佳ちゃん？　どうして、そんなに翔太くんを意識しているのかしら？」

「なっ……あ、あたし、別に意識なんて……」

だが、仁美は言いわけを試みた実習生の少女の言葉を手で遮《さえぎ》った。

「わたしに、ウソは通じないわよ。智佳ちゃん、本当は翔太くんのことが好きなんじゃないの？」

「そ、そんな!……あたし、あたしは……」

「あたしは、なぁに？」

先輩看護婦の容赦《ようしゃ》のない追及に、とうとう智佳がためらいがちに口を開いた。

「あたしは……その、羽澄のことなんて、なんとも思ってません」

（おいおい。俺の前で、そういうことを言うか）

心のなかで、ガックリと肩を落とす翔太。

だが、仁美は納得していない様子だ。

「本当に？　智佳ちゃん、翔太くんのことを本当になんとも思っていないの？」

先輩ナースから念を押されて、少女が「え、ええ」と逡巡《しゅんじゅん》しながらうなずく。

「じゃあ、わたしがこういうことをしても平気かしら？」

と言うなり、仁美が少年の体をベッドに押し倒して唇を奪った。

あまりに突然のことだったので、翔太は「んんっ!?」と驚きの声をあげただけで、身じろぎすらできない。

智佳も、先輩ナースの予想もしていなかった行動に、呆然として言葉を失っている。

「んっ、んっ……んちゅ、んちゅ、んちゅ……んぐ、んぐ……」

仁美は少年の唇をついばみ、さらに口内に舌を突き入れてきた。

美人看護婦の舌が、軟体動物のようにネットリと翔太の舌に絡みついてくる。何度かのレッスンで体が行為を覚えていたのか、いつしか少年も条件反射のように舌を動かして応じていた。

ネチャネチャという淫靡《いんび》な音と、美人看護婦の舌の感触に刺激されて、少年の血液が下半身の一点に一気に流れこむ。

すると、仁美の手がパンツの上から股間に優しく触れた。

「んはあっ。うふふ……翔太くん、オチン×ンをこんなにおっきくしちゃって。とっても苦しそう」

唇を離して言いながら、ナースが手を動かして一物を軽くさすった。裏筋のあたりを刺激されて、翔太は思わず「うっ」と声をこぼしてしまう。

さらに、仁美はパンツをズリさげて一物をあらわにした。そして、竿の根元を優しく握りしめる。

翔太は完全にパニックを起こして、美人看護婦のなすがままになっていた。何度か経験しているとはいえ、今回の彼女の行動はあまりに意表をついたもので、智佳に見られていることを意識する余裕もない。

仁美が、チラリと実習生の少女のほうを見た。

智佳はというと、先輩ナースの意外な行動を前に、まさしく茫然自失《ぼうぜんじしつ》といった様子で立ちつくしていた。目の焦点が合っていないのは、翔太からもはっきりわかる。

そんな少女に見せつけるように、仁美がゆっくりとペニスに顔を近づけてきた。

「さあ、翔太くん。いつもみたいに、フェラをしてあげるわね」

と言って、美人看護婦が屹立《きつりつ》したモノの先端部を咥《くわ》えこむ。

「んっ、んっ、んっ……ムグ、ムグ、ムグ……んじゅ、んじゅ……」

声をもらしながら、顔を大きくグラインドさせて一物に刺激を与える仁美。

「くっ……ううっ。ひ、仁美さん！」

あまりの快感に、翔太は思わずうめいて腰を浮かせていた。どうしたことか、シャフトがいつも以上に敏感になっていて、強烈な快感が背筋を駆けあがっていく。

そのとき、少年の声でようやく我《われ》にかえったのか、

「……なっ……な、な、な……なにやってるんですか、仁美さん!?」

と、智佳が悲鳴に近い大声をあげた。その声は、すっかり裏返って震えている。

すると、美人看護婦がペニスから口を離し、目を細めて意味深長な微笑みを浮かべながら後輩の少女を見つめた。

「ねぇ、智佳ちゃん。どう思う？」

「どうって……ふ、ふ、不潔です！　そんなの、看護婦の仕事じゃありません!!」

「そうね。これは、仕事じゃないわ。好きな男の子への、特別なサービスよ」

ヒステリックに叫ぶ智佳に対し、先輩ナースが口もとの笑みを絶やすことなく平然と答える。

「好きって……仁美さん、まさか羽澄のこと……」

目を丸くし、言葉を失う智佳。

「ちょっと、仁美さん。それって……」

翔太のほうも、思わず抗議の声をあげる。白衣の天使との甘いひとときは、単なるレッスンだったはずだ。

(そりゃ、身体を重ねているうちに好きになることもあるかもしれないけど……だけど、それにしても突然すぎるよ。だいたい、俺の気持ちを無視して、よりによって水原の前でそんなこと言わなくてもいいじゃん)

という考えが脳裏をよぎって、少年も動揺を隠せない。

だが、仁美はイタズラを企《たくら》む子供のような眼差しで、後輩の少女を見つめていた。

「あのね。翔太くん、智佳ちゃんのことが好きなんだって」

突然の言葉に、智佳が「えっ?」と声をあげ、頬を真っ赤にして少年を見る。

翔太のほうは、美人ナースに秘密をバラされたことが恥ずかしくて、うつ向くしかなかった。あんな言い方をされては、少女の顔をまともに見ることなどできない。

「ねぇ、智佳ちゃん。翔太くんのことをなんとも思ってないんだったら、どうしてそんなに動揺するの？　本当は、翔太くんのことが好きなんじゃないの？」

「そ、そんなこと……」

「あら、そう？　それじゃあ、わたしがもらっちゃおうかなぁ。翔太くんだって、こうやってエッチしてたら、わたしを好きになってくれるかもしれないし」

からかうような口調で、仁美が少女を挑発する。

智佳は、しばらく唇を嚙んで黙りこんでいたものの、やがて顔をあげて先輩ナースをにらみつけた。

「あたし、帰ります！」

と、少女がベッド脇から走り去ろうとする。

だが、仁美はその手首をしっかりとつかんで、後輩の動きを制止した。

「離して！　あたし、もうこんなところにいたくない！」

美人看護婦の手を振りほどこうと、智佳が激しくもがく。しかし、仁美はそうはさせじと手にいっそう力をこめた。

「逃げるの、智佳ちゃん？　自分の気持ちにウソをついて、そうやってずっと逃げつづけるつもり？」

「逃げ……あたし、別に逃げてなんていません！」

「ウソ。今、わたしから、それに翔太くんからも逃げようとしているじゃないの。智佳ちゃん、本当は翔太くんが好きなんでしょう？　だったら、その気持ちにもっと素直になりなさい」

穏やかながらも、しっかりした仁美の言葉に、少女が暴れるのをやめる。

「仁美さん……でも、あたしは……」

「ねぇ、智佳ちゃん？　あなたが、ナースになろうってとってもがんばっているのは、わたしもよく知っているわ。だけど、そのために他のなにかを犠牲にすることなんてないのよ。翔太くんだって、がんばる智佳ちゃんの姿に惹《ひ》かれたんでしょうし」

先輩ナースに優しく諭《さと》されて、智佳が改めて少年の顔を見つめた。

照れくさくなって、翔太はつい視線をそらしてしまう。すると、美人看護婦が空いている手で少年の手を優しく握った。

「翔太くん、ダメよ。ちゃんと、智佳ちゃんのほうを見て。そして、自分の気持ちを自分の口でちゃんと言ってあげなさい」

（あっ、そうか。仁美さん、本当に俺のことを好きになったんじゃなくて、水原を挑発して本音を引きだそうとしただけだったんだ）

真意を悟《さと》って顔を見ると、仁美が真剣な眼差しで大きくうなずいた。その毅然《きぜん》とした態度に、なんとなく勇気づけられた気がする。

仁美が上からどくと、翔太は上体を起こしてナース候補生の少女を見つめた。

「水原……俺、水原のことが好きだ。キミが、俺のことをどう思っているかは知らないけど、俺は水原が好きなんだ」

少年の勇気を振り絞った告白に、智佳が息を呑んで手で口を覆う。

「羽澄……だって、あたしはあんたを階段から突き落として、足を……」

「そんなこと、もう気にしてないよ。それに、おかげでキミと出会えたんだから、今はむしろラッキーだったって思ってる」

翔太の言葉に、少女の目が潤む。

すると、ベッドから降りた先輩看護婦が智佳の背中を軽く押した。思いがけないことに対応できず、ナース候補生がよろめいてベッドの傍《かたわ》らに手をつく。

二人の視線が、数十センチの距離で絡み合った。

「羽澄、あたし……あたしも、羽澄が好き……いつの間に、こんなに好きになっていたんだろう?」

「水は、いや……えっと……ち、智佳……」

少し照れくさかったが、翔太は初めて彼女を名前で呼んだ。

「羽澄……ううん……しょう……た……」

頬を赤くしながら、智佳も少年の名前を口にしてくれる。それだけで、翔太の心のなかになんとも言えない悦びが湧いてきた。

少年が肩に手を置くと、ナース候補生はやや緊張した面持ちで目を閉じる。

翔太は、ようやく気持ちが通じた喜びを感じながら、今まで誰も触れたことがない可憐《かれん》な唇に、そっと自分の唇を重ねた。

5 自分から入れるの？

目をつむっていた智佳は、少年に唇をついばまれているうちに、胸の奥に熱いものがひろがっていくのを感じていた。しかし、それは不快なものではない。むしろ、心が安らぐような不思議な感覚だ。

（羽ず……翔太とキスしてるだけで、どうしてこんなに幸せな気持ちになるんだろう？　やっぱり、あたしが翔太のことを本当に好きだから？）

しかし、今までその淡い想いを胸の奥に秘めて、考えることすら避けてきた。

（だって、いつもケンカばっかりしているあたしのことを、翔太がどう思っているか、すごく不安だったから……）

それだけに、仁美が少年にエッチなことをしはじめ、さらに「翔太くんをもらっちゃおうかな」と言ったときのショックは計り知れないものだった。だからこそ、少女は胸が張り裂けそうな悲しみに耐えられず、病室から逃げだそうとしたのである。

だが、彼から「水原のことが好きだ」という言葉を聞いたとき、今度は涙が出そうなくらいの嬉しさがこみあげてきた。思いを寄せていた少年が、自分と同じ気持ちだったことを知った今、もう自分の感情を抑えることなどできっこない。

唇をついばむキスに酔いしれていると、翔太の手がエプロンの上から胸に触れた。

「んあっ。しょ、翔太？」

思わず口を離して、智佳は目を開けてしまう。すると、翔太が真剣な目で見つめていた。

「智佳……智佳のオッパイ、触りたいんだ。いいだろう？」

本当は恥ずかしくてたまらないのだが、智佳は少したためらってから「うん、いいよ」と小さくうなずいた。しかし、顔全体が高熱を出したときのように火照《ほて》っている。きっと、情けないくらい真っ赤になっていることだろう。

翔太がエプロンに置いた手に力をこめて、前に顔を埋めたふくらみに指を沈める。

途端に、胸がムニョッと押しつぶされる感覚が全身にひろがり、少女は思わず目をきつく閉じて身体を強《こわ》ばらせた。

(ヤダ。これ、恥ずかしすぎるよ)

大きなふくらみを、翔太に揉まれている。それを意識するだけで、もう少年の顔をまともに見られなくなりそうだ。「穴があったら入りたい」という心境は、まさにこのことだろう。

智佳のストイックさは徹底していて、普通の少女なら一度は目にしているようなティーンズ向けの雑誌すら見たことがなかった。それに、友人たちが異性の話をしているときも、適当に相づちを打つくらいで話に積極的に入ろうとしなかった。

もちろん、その手のことに興味がなかったと言えばウソになる。しかし、「ナースになるまでは」とすべての誘惑をとことん断ってきたのだ。それゆえに、こうした行為への耐性がまったくなく、恥ずかしさも人並み以上に感じてしまう。

そんな智佳の気持ちを知ってか知らずか、少年が軽く胸を揉みながら、

「智佳のオッパイ、服の上からでも大きくて柔らかいのが、はっきりわかるよ」

と、ささやいてきた。

「もう、バカ。ああっ。変なこと、言わないで……ああんっ、あたし、本当は自分の胸が嫌いなの」

するとと、翔太が手をとめた。

「なんで？　こんなに大きくて、素敵なのに」

「だって……仕事のときは邪魔になるし、肩も凝《こ》りやすくて……って、なに言わせるのよぉ」

「胸が大きいっていうのも、苦労があるんだな。でも、俺は智佳のおっきなオッパイ、大好きだよ」

「本当……に？」

大好きな男の子に笑顔でそう言われると、邪魔にしか思わなかったバストに、愛《いと》おしさと誇りを持てるような気がする。

少女の身体から力が抜けたのを見て、翔太が再び胸を揉みはじめた。

「んっ……あっ……んんっ……なんだか……あんっ、変……ああっ……」

ブラジャー、実習服、エプロンと三つの生地を挟んでいるのに、少年の手が動くたびになんとも言えない快感が、バストから全身に向かって波紋のようにじんわりとひろがっていく。

「ねえ、智佳ちゃん。翔太くんのオチン×ン、見てごらんなさい」

二人の行為を見守っていた仁美が、少女の耳もとに口を近づけてささやいた。

いきなり言われて、思わず視線をおろしてしまう。すると、先輩ナースの唾液で濡れ光る勃起した肉注射器が、目に飛びこんできた。それは下腹部にくっつきそうなくらい屹立し、先端の口から唾液とは別の透明な液をにじませている。

今まで目にしたことのないグロテスクさに、智佳は思わず「きゃっ」と悲鳴をあげて視線をそらした。

小さい男の子の性器は、実習中に何度か目にしたことはあったが、そそり立った肉棒はまるで別物に見える。子供のペニスを見ただけでも、ミスが増えるくらい動揺してしまうのに、こんなモノを間近に見せられたため、胸が苦しくなってくる。

「ダメよ、智佳ちゃん。目をそらさないで。翔太くんのオチン×ン、パンパンに張りつめて、なんだか苦しそうに見えない？」

と言われて、ナース候補生は恥ずかしいのを我慢して、再び少年の股間に目を向けた。すると、確かに先輩看護婦の言う通り、一物は限界を訴えるように懸命に屹立していた。その姿がどこか健気《けなげ》で、愛らしくも思える。

「じゃあ、それを握ってあげて」

仁美の意外な言葉に、少女は「えっ？」と驚きの声をあげてしまう。

「ほら、早く。翔太くんを悦ばせてあげなさい」

美人ナースが、畳みかけるように言った。

（悦ばせる……翔太を？　握ると、翔太が悦んでくれるの？）

そんな疑問を抱きながら、少年の顔を見る智佳。すると、翔太が緊張した面持ちで小さくうなずいた。

「そ、それじゃあ……」

少女は、まだ仁美の唾液が乾ききっていない屹立した剛棒に、おずおずと手を伸ばした。しかし、まさに触れようかというところで、その動きがとまってしまう。

（ううっ。男の人のオチン×ンを触るなんて、不潔よ。でも、翔太が望むなら……悦んでくれるなら）

葛藤《かっとう》の末に、智佳は顔をそむけながらペニスの根元を恐るおそる握った。少女の手に、先輩看護婦の唾液でわずかにぬめった、生ぬるい感触がひろがる。

すると、翔太が「うっ」と苦しそうな声をもらした。

気味が悪かったことと驚いたこともあって、智佳は反射的に手を引っこめてしまう。

「翔太、大丈夫？」

不安になって聞くと、少年は照れくさそうな笑みを浮かべた。

「うん。すごく、気持ちよかったんだ」

「そうなの？　あれだけで？　なんだか変なの」

と言いながらも、翔太の反応で恐怖心や緊張感が和《やわ》らいで、肉棒を握ることへの抵抗感も薄らぐ。

少女は意を決すると、改めて手を伸ばして竿を両手で優しく包みこんだ。

手のひらに、硬くて熱いシャフトの感触が再びひろがる。今までに経験のない手触りに、智佳はまだ戸惑いを感じていた。しかし、まるでそこに心臓があるかのように、ピクピクと小刻みに震えているのがはっきりわかる。

「くっ……智佳の手、すごく温かくて気持ちいいよ。俺、握られるだけでイッちゃいそうだ」

「そ、そう？　あの……あたし、よくわかんないんだけど」

一応、翔太が悦んでいることは理解していたものの、なにをどうしていいかさっぱり見当がつかず、少女は硬直するしかない。

「智佳ちゃん、手を動かしてオチン×ンをしごいてあげて」

さすがに見かねたのか、仁美が横から口を挟んできた。

そのアドバイスに従って、手をおっかなびっくり上下に動かしてみる。すると、翔太が「くうっ」とうめいて、ペニス全体がビクンッと脈動した。

「きゃっ。動いた」

驚いた智佳は、またシャフトから手を離してしまう。

「うふふ……智佳ちゃん、反応が初々《ういうい》しくて可愛いわ。でも、男の人のそれは、本当に気持ちいいと動くのよ」

「そ、そうなんですか？」

先輩ナースの言うことが真実なら、彼は少女の手で感じてくれたということだろう。顔をあげると、翔太も大きくうなずいた。

（翔太、本当に気持ちよかったんだ）

少年が感じてくれたことを知り、ナース候補生の胸の奥に悦びがこみあげてくる。

智佳は保健体育や看護科の授業のなかで、男性器に関する知識も一通り得たつもりだった。しかし、授業でやっただけではわからないことがたくさんある、ということを、今さらながらにしみじみと感じる。

「それじゃあ、智佳ちゃん。わたしがさっきやったみたいに、翔太くんのオチン×ンを舐めてみて」

「舐めっ……そ、そんなこと……」

仁美の新たな指示に、実習生の少女はさすがに戸惑いを隠せなかった。

確かに、ついさっき先輩ナースがするのを目撃したばかりだが、男性器に口をつけるなど智佳には想像もつかないことだった。まして、それを自分がするなど、今まで考えたこともない。

「智佳ちゃん、翔太くんのことが好きなんでしょう？　だったら、いっぱい悦んでもらったほうが嬉しくない？」

「それは……そう……ですけど……」

実習生の少女がなおもためらっていると、先輩看護婦がイタズラっぽい笑みを浮かべた。

「智佳ちゃんができないんなら、わたしがまたしちゃおうかしら？　翔太くん、このままじゃ収まらないでしょうし」

「なっ……ダメです！　わかりました。やります！」

仁美の冗談めいた挑発に、少女はつい勢いでそう口走ってしまう。

先輩ナースが翔太のことを「好き」と言ったのが、自分を焚《た》きつけるためのウソだったことは、恋愛経験のない少女にもさすがにもうわかっていた。

（でも、本当になんとも思ってないなら、エッチなんてしないだろうし……あたしがあんまりウジウジしていたら、翔太の気持ちも仁美さんに傾《かたむ》いちゃうかも）

そんな焦りにも似た思いが、心のなかに湧きあがってくる。

しかし、ペニスを改めて握り、思いきって顔を近づけたものの、そこで少女の動きは無意識にとまってしまった。勃起した一物を目の当たりにしたのも今日が初めてなのに、いきなり口をつけるなんて、ためらうなと言うほうが酷だろう。

「えっと……智佳、無理にしなくてもいいよ」

さすがに見るに見かねたのか、翔太が声をかけてくれた。だが、負けん気の強いナース候補生としては、こんなことを言われてはかえって引きさがれない。

「ううん、無理なんかしてないわ。あたし、がんばるから。翔太に、いっぱい感じてほしいの」

智佳は目を閉じて思いきり舌を突きだすと、鈴口の先端部を舌先でチロッと舐めた。

途端に、翔太が「うふぁっ！」と甲高《かんだか》い悲鳴のような声をあげてのけ反る。その反応が苦痛ではなく快感によるものだ、ということはもうわかっている。

（あっ、翔太が感じてくれた。男の人のここって、すごく敏感なのね。なんだか、面白い）

いったん口をつけたことで気分的にも楽になり、少女は再び亀頭に舌を這わせた。鈴口の割れ目から溢れでる透明な液を舐め取ると、苦みとしょっぱさの混じった妙な味が舌にひろがる。

(でも、ちっともイヤじゃない。きっと、翔太のだから……大好きな翔太のだから、平気なのよ)

そんなことを思いながら、智佳は溢れてくるガマン汁をひたすら舐めつづけた。

「ち、智佳！ そんな、先っぽばっかり舐められたら……」

翔太が、切羽《せっぱ》つまった声をあげた。まだ舐めはじめたばかりだというのに、もう限界が近いのだろうか？

「智佳ちゃん。ただ先を舐めるだけじゃなくて、オチン×ンを口のなかに入れたり、もっと全体を舐めたりして、もう少し刺激に変化をつけてあげなさい。でないと、あなたに奉仕してもらう悦びを感じる前に、翔太くんイッちゃうから」

鈴口を舐めていて、頭の一部が痺れたようになっているせいか、仁美の新たなアドバイスに、智佳は「あっ、はい」と素直に答えていた。そうして、なんの抵抗感も覚えることなく、仁美の真似《まね》をして少年のモノを口内に含む。

生温かい肉棒の侵入とともに、口内から男の匂いが鼻に抜ける。

「んんっ……んんんん～……んっ、げほっ、げほっ」

根元まであと少しというところで、喉の奥にペニスの先端が当たり、少女は思わずペニスを吐きだしてむせてしまった。

「大丈夫、智佳ちゃん？」

嘔吐《おうと》反射に顔をしかめてむせつづけていると、先輩ナースが智佳の背中をさすってくれる。

「無理に、根元まで呑もうとしちゃダメよ。最初は自分の限界を見ながら、少しずつ慣らしていきなさい」

できればもうやりたくなかったが、どうにか落ち着いたナース候補生は再び男の剛棒と向き合った。

今度は、仁美のアドバイスに従ってシャフトを慎重に口内へと導き入れる。すると、半ばくらいで限界を感じた。

（今は、これが精いっぱいだわ）

「じゃあ、ゆっくりでいいから顔を動かして。歯を立てないように気をつけながら、オチン×ンを愛してあげるのよ」

口がふさがって返事ができないので、智佳は小さくうなずいて慎重に顔を動かしはじめた。

先ほどの先輩ナースほどではないが、ゆっくりと一物の出し入れを繰りかえす。

「うっ……うあっ……くっ……ち、智佳……いいよ……」

苦しそうに顔を歪《ゆが》めながら、翔太が訴えてきた。どうやら、この程度でもかなりの快感を得ているらしい。ペニスが少女の口内でビクビクと震えているのも、はっきりわかる。

（翔太、感じてるんだ。あたしのお口で、気持ちよくなっているのね）

そう思うと、なんとなく嬉しくなって、胸だけでなく子宮のあたりも熱くなってキュンッとうずく。

智佳は、いったんペニスを口から出すと、手で竿を持ちあげて裏筋をレロレロと舐めあげた。さらに、手で肉棒をしごきながら亀頭を舐めまわす。それから、再び口内にシャフトを含んで、手と動きを合わせてしごくようにシェイクする。

「ううっ……はぁ、はぁ……」

頬を紅潮させた少年の口から、荒い息がこぼれる。特に考えたわけではなく、彼に悦んでもらいたい一心から出た行動だったが、どうやらこれでよかったようだ。

そうしているうちに、少女はいつしか行為に夢中になってしまい、自分がなにをしているのかもわからなくなってきた。今はただ、少年が悦んでくれることがなによりも嬉しく思える。

しかし、そんな幸せな時間も長くはつづかなかった。

「ち、智佳！　俺、もう……もう、出ちゃうよ！」

切羽つまった声で訴えてくる翔太。

だが、今の智佳には彼の言葉がなにを意味しているのか、考えることができなかった。わかっているのは、口内の一物がビクビクと震えていることくらいだ。

「んぐ、んぐ、んぐ……んっ、んっ、んっ、んっ……」

声をもらしながら、少女は無意識に手と口の動きを速める。

すると、ペニスが一瞬、口内で大きく跳ねた。その動きに疑問を抱く間もなく、少女の口のなかに白濁の液体が大量に注ぎこまれ、喉の奥を直撃した。

「んんんんんっ！……んぶふぁっ！」

予想もしていなかった事態に、智佳は思わず肉棒から口を離してしまった。

だが、まだ射精の途中だったため、勢いあまったスペルマが少女の顔やエプロンにも降り注ぐ。

智佳の口内に、ネットリした肉注射液の奇妙な感触と青臭い味と匂いがひろがった。

あまりに量が多かったため、口もとから液が自然に垂れてくる。

（な、なにこれ……気持ち悪い！）

あわてて吐きだそうとすると、仁美が少女の行動を制止した。

「出したらダメよ、智佳ちゃん。それがザーメン……精液なの。翔太くんの智佳ちゃんへの思いそのもの、と言ってもいいわ。だから、彼の気持ちをきちんと受けとめるつもりなら、全部呑んであげなさい」

（精液……これが、女性の子宮で卵子と出会って、子供ができる……命の種なのね）

そう思うと感動的にすら感じられて、口内のモノへの不快感も少しだけなくなる。

「んっ、ゴク、ゴク、ゴク……ぷはあっ」

智佳は、思いきって口内にあったスペルマをどうにか呑み干すと、その場にへたりこんだ。おいしいとは思わなかったが、仁美にあんなことを言われては、呑まないわけにはいかない。

しかし、初めてのフェラチオに口内射精まで経験してしまったせいか、虚脱感が全身を包みこんでいて、なにかを考えたりする余裕もない。

床にペタン座りをして呆然としていると、仁美が背後にまわりこんできた。そして、少女のウエストの後ろにあるボタンをはずしてエプロンを取り去る。

「えっ、仁美さ……きゃっ！」

まだ朦朧《もうろう》としている少女が疑問の声をあげるより早く、先輩ナースが実習服の前を素早くはだけた。飾り気のない白いブラジャーに包まれた大きなふくらみが、たちまちあらわになる。

智佳は、「いやっ！」とあわてて胸を隠そうとした。

しかし、それより先に仁美の手が脇の下から入りこんできて、双球をわしづかみにする。そして、ふくよかなバストをカップの上からゆっくりと揉みしだきはじめた。

「ああっ、いや！　仁美さん、こんな……」

智佳は身じろぎして、なんとかその手を振り払おうとする。だが、仁美は手を動かしながら少女の耳もとに口を近づけてきた。

「智佳ちゃんのオッパイ、本当に大きいわね。羨ましいわ」

「あんっ、そんな……こんなの、はうっ、ちっとも羨ま……んんんっ、仁美さん、あんっ、やめて……」

美人ナースの愛撫に合わせて、乳房から今までに感じたことのない感覚がひろがっていく。しかし、けっして不快なものではない。

喘ぎ声が出そうになるのをこらえながら、顔をそむける。そのとき智佳は、ベッドに上体を起こした少年が目を丸くして見つめていることに気づいた。

(ダメ、翔太が見てる……恥ずかしい……)

「はっ……んくぅ……んんっ……ふむうぅぅっ……」

残された理性を総動員して、少女はなんとか声を出すのを我慢しようとした。だが、仁美の手の動きでもたらされる甘美な刺激は、どうにも抑えようがない。

「智佳ちゃん、気持ちいい？」

「んあっ、いやっ。んんんっ、わかんないです」

耳もとでささやかれ、頭を振ってどうにか答える智佳。

「もしかして、智佳ちゃんって自分でこうやって胸をいじったこともないの？」

「ああっ、ありません。そんな、恥ずかしいこと……はぁんっ、あたしには、できな……んあああっ」

「へぇ。そうなの。ふ～ん」

先輩ナースが、なにかを思いついたような妖しい笑みを浮かべる。そして、少女が驚きの声をあげる間もなく、カップの内側に手を入れてブラジャーをたくしあげると、豊満なふくらみにじかに手を這わせた。

「あっ、仁美さん、ダメぇ！　んっ……いや……あああっ！」

ふくよかな弾力を味わうように胸を弄《もてあそ》んでいた七歳年上のナースが、不意に乳房の頂点で存在感を増したピンクの蕾《つぼみ》をクリクリといじりはじめる。すると、揉まれていたときよりはるかに強烈な刺激が、智佳の肉体を貫いた。

「ああんっ！　そこっ……はっ、くううっ！」

「うふふ……乳首が大きくなってきたわよ、智佳ちゃん。どう？　気持ちいい？」

「ああっ、よくわかんない……でも、変、変なのぉ、んふぁああっ！　なんなの、あはあん、これぇ？」

頭を大きく振りながら、少女は思わず疑問の声をあげる。

「それが感じるってことよ、智佳ちゃん。自分の心に素直になって、感じたままを口にしなさい」

「感じ……ああんっ、いいっ！　んはあっ、それ、気持ちいいですぅぅ！」

先輩看護婦にうながされて感情を口走った途端に、今まで抑えこんでいた精神のタガが音をたてて崩壊した。

「はああっ！　仁美さん、いいのっ！　あはあんっ、もっと、もっと胸を……乳首も触ってぇ！」

ところが、少女が訴えた途端に、仁美は逆にその手をとめてしまう。

「やっと、正直になったわね。でも、わたしでいいの？　本当は、翔太くんに触ってほしいんじゃないの？」

そう言われて顔をあげると、右足をギプスで固められた少年が、こちらを食い入るように見ているのが目に入った。さっきまで智佳が咥《くわ》えていた一物も、すっかり元の大きさを取り戻して、天に向かってそそり立っている。

それを目にしたとき、少女の胸から子宮にかけてキュンッと熱くなった。

「ああ、翔太ぁ……触って……翔太がいいのぉ」

「じゃあ、翔太くんがオッパイを触りやすいように、背中を向けてベッドに乗って」

智佳は催眠術にでもかかったように、先輩ナースの言いなりになってフラフラと立ちあがった。

実習服の前をはだけ、むっちりした乳房をむき出しにした少女はベッドに乗り、翔太の股の上にまたがって腰をおろす。露出したままのペニスが、実習着越しにヒップに当たる。少し奇妙な感じはしたが、それすらも今は身体のうずきを増すものにしか思えない。

少年がゴクッと唾を呑みこむ音が、ナース候補生の耳にも届いた。

「智佳……その、本当に触っていいんだね？」

問いかけてきた翔太の声は、激しい興奮のせいか、いつになくうわずっている。さっきも揉んでいたとはいえ、じかに触れるのは初めてなので緊張しているようだ。

「うん、触って。揉んで、いいよ」

智佳がうなずくと、少年の両手が背後からバストをムンズとわしづかみにした。

途端に、全身に歓喜の渦《うず》が湧き起こり、少女の口から「あはぁんっ！」と悦びの声がついて出る。

「うわぁ……智佳のオッパイ、すごいや。本当に大きくて、とっても柔らかくて、手に吸いついてくるみたいだ」

と、感嘆の声をもらす翔太。

「いやぁ、恥ずかしいよ」

褒《ほ》め言葉なのはわかっているが、やはり好きな人に胸をじかに触られている気恥ずかしさは、どうにもしようがない。

「翔太くん、智佳ちゃんのオッパイを優しく揉んであげて」

仁美の指示に従って、少年が手に力を入れてバストをゆっくり揉みしだきはじめた。

「あっ、んっ……あああっ！　んはあんっ！　いいっ、いいのぉっ！　感じ……ああんっ、すごく感じるぅ！」

翔太の手が動くたびに、ふっくらした胸がグニグニと形を変える。そのたびに鮮烈な快感信号が身体の隅々まで駆けめぐり、甲高《かんだか》い喘ぎ声がこぼれてしまう。

「智佳ちゃん、わたしが揉むのと比べて、どう?」

隣りから、先輩看護婦が聞いてきた。

「あんっ、こっち……んあああっ、翔太が、あんっ、いいですぅ。んふあぁ……翔太の手が、あはあぁん、やっぱり気持ちいいのぉ!」

単純にテクニックで言えば、仁美のほうが上だろう。しかし、大好きな少年の手からは、智佳への気持ちが伝わってくる気がした。それを思うだけで、バストが自分でも信じられないくらい敏感になる。

「そう言うと思っていたけど、なんだかちょっと妬《や》けちゃうわね。そうだ。もっと気持ちよくしてあげるわ」

仁美がベッドに乗って、少女の正面に座った。そして、スカートをたくしあげると、パンティー越しに股間に指を這わせてくる。

「あひゃあああんっ!」

途端に、胸からの心地よさをも呑みこんでしまいそうな快感がこみあげ、少女は悲鳴をあげてのけ反った。

「智佳ちゃんのオマ×コ、もう濡れてるわね」

と言いながら、先輩ナースが生地越しに秘裂をさする。

「ああっ、そんなとこ……んくううっ、き、汚いです！　ああんっ！」

激しく頭を振る智佳。秘部から初めてもたらされた快感はあまりに強烈で、自分がどうにかなってしまうのではないか、という恐怖すら覚えてしまう。

「なに言ってるの？　ここは、女にとって一番大切なところなんだから、ちっとも汚くなんてないわよ。それに、翔太くんのオチン×ンを入れる前に、しっかり濡らしておかないとね」

と、仁美が下着をかき分けて、指を割れ目に滑りこませてきた。

「あひぃぃぃっ！　ああっ、そんな……あっ、オチン……あああっ、ダメ、指をそんなに動かしちゃ……ひゃあああんっ！」

先輩ナースが割れ目をこすりあげるたびに、快電流が脊髄《せきずい》を駆けあがり、身体が勝手にビクビクと震えてしまう。

（ああ、そうだった。エッチするっていうのは、翔太のおっきいオチン×ンが、仁美さんが触っているあそこに……オチン×ン、あたしのお尻に当たってる……すごくおっきくて、硬くて……）

いつしか、少女はヒップに当たっているモノに意識を向けていた。

すると、さっき咥《くわ》えた感触が口内に甦《よみがえ》り、腹の奥のほうがキュンッとうずく。そして、妙なもどかしさを伴う感覚が、股間から胸にまでひろがりはじめる。

（なんなの、これ？　熱い、お腹の奥……ここ、子宮？　あんっ、子宮が熱くなって、なんだかムズムズする。こんなの、初めてだよぉ）

そんな思いが、智佳の脳裏に湧いてくる。だが、バストを大好きな少年に、股間を先輩ナースに責められている快感の前に、疑問はたちまち霧散してしまう。

さらに、翔太が乳首を指でつまんで、ダイヤルをまわすようにクリクリといじりはじめた。

敏感な部位を責められて、ただでさえ股間からの快感に包まれていた肉体が、いちだんと大きな快楽に支配される。

「ああっ、ああっ、いいっ！　はうっ、胸も……ああっ、あそこもいいっ！　あたし、変……はうっ、変になっちゃうぅぅ！」

子宮のあたりに発生した熱が全身にひろがっていき、身体の奥からなにかがこみあげてくるような予感が走る。精神と肉体が切り離されて、まるで自分が自分でなくなるような感覚だ。

「ううっ、これ、なに？　あんっ、ああっ、怖い、あたし……あううっ、どうかなっちゃいそう！」

「大丈夫よ、智佳ちゃん。それは、イキそうなの。ほら、イッちゃいなさい」

仁美が、しとどに濡れた花弁をクチュクチュとかきまわす。その指がある一点に触れた途端、これまでの快感をはるかにうわまわる鮮烈な快電流が、少女の脳天に向かって一気に駆け抜けた。

「イク？　あんっ、イキそう？　んふううっ、これが、イク……あんっ、ああんっ、ダメ、ダメ、もう、我慢できない！　ああああぁぁぁぁぁぁんっ!!」

なにかが頭のなかで弾けるのを抑えきれず、智佳はとうとう大きくのけ反って絶叫した。

一瞬、思考がすべて停止し、目の前で無数のストロボが点滅しているような感覚に襲われる。

（でも、なんだかすごく気持ちいぃぃぃぃ……）

心地よさのあと、全身から力が一気に抜けていき、少女は前のめりに倒れそうになった。翔太が胸をつかんでいなかったら、仁美にグッタリもたれかかっていただろう。

「智佳ちゃん、気持ちよかった？」

と、先輩ナースが耳もとに口を近づけて問いかけてくる。

「は、はぃぃ……とっても……なんだか、幸せですぅ」

まだ快感の余韻《よいん》が身体中を駆けめぐっているせいか、きちんとしゃべっているつもりなのに間延びした声しか出てこない。

すると、仁美が謎めいた笑みを浮かべた。

「まぁ、クリトリスでイッちゃったものね。でも、本番はこれからよ。智佳ちゃんだって、本当はまだ満足してないんじゃないの?」

「そん……な……」

否定したかったが、言葉がつづかない。実のところ、先輩看護婦の言う通り、少女の子宮の奥はまだ熱を持ってうずいていた。それに、初めての絶頂で一応の満足感はあったものの、どこか物足りなさが残っているような気がしてならない。

「翔太くん、ベッドに横になってちょうだい。智佳ちゃんは、身体の向きを変えて翔太くんのほうを見て」

年上のナースの指示に従って、少年がベッドに横になる。智佳も、気怠《けだる》さの残るなか身体を反転させて、彼と向き合った。

視線をおろすと、翔太の股間にある勃起が目に入った。

(なんだろう、この感覚……オチン×ンを見ているだけで、あそこが熱くなって子宮がうずいて……ああん、股間がまた濡れてきちゃうよぉ)

「智佳ちゃん、パンツを脱いで。もう、グショグショでしょう?」

少女の様子に気づいた仁美が、声をかけてきた。

しかし、身体がだるいのと頭がボーッとしていることもあって、うまく動くことができない。結局、智佳は先輩ナースに手伝ってもらって、濡れたパンティーをどうにか脱いで再び少年と向かい合った。

「さあ、智佳ちゃん。翔太くんのオチン×ンを、自分のあそこにあてがって」

と、仁美が看護指導のときのような口調で指示を出す。

「あっ、はい……」

半ば条件反射的に、智佳は硬くそそり立った肉棒を握った。すると、シャフトが元気よくビクビクと脈動する。

(ああ……あたし、翔太とエッチするんだ……でも、本当にこれでいいの?)

未知の行為への緊張とともに、「ナースになるまで恋をしない」という、かつての誓いが少女の脳裏をよぎる。

しかし、もう目の前の少年への思いは抑えられなかった。理性ではなく、本能が翔太を求めてやまない。

（あたし、翔太が好き。もう、この気持ちにウソはつけない。だから、あたしは翔太と一つになりたいの）

と割りきった少女は、腰を浮かせて空いている手でスカート部をたくしあげ、鈴口を花弁にあてがった。

そうして、ふと翔太の顔を見ると、彼は黙りこんだまま淡い茂みに覆われた股間と己《おのれ》の分身を凝視《ぎょうし》していた。

「は、恥ずかしい……そんなに見ないでよ、バカぁ」

少年の視線に気づいて、智佳は顔をそらして文句を言う。急に羞恥心が甦《よみがえ》って、できればこの身体の火照《ほて》りで溶けてしまいたくなる。

「ゴ、ゴメン。でも、なんだかスゲー緊張しちゃって……」

そんな翔太の反応に、先輩ナースが微笑みを浮かべた。

「ふふっ。翔太くん、なんだか初めての子みたいね。さあ、智佳ちゃん、余計なことを考えていないで、そのまま腰をおろしなさい。ちょっと痛いかもしれないけど、我慢してね」

「はい……」

初めての行為にためらいはあったが、智佳は先輩ナースの指示に従って思いきって腰を沈める。

肉棒の先端部が秘唇をかき分けて入ってくるなり、繊維を引き裂くような感覚とともに、激痛が身体中を駆け抜けた。

「あぐっ！　い、痛い！」

股間が一気に熱くなり、少女は我慢しきれずに思わず腰を浮かせようとした。だが、仁美が背後から押さえこんで制止したため、竿の半分くらいが入ったところでとまってしまう。

「ダメよ、智佳ちゃん。そのまま腰を沈めるの」

「ううっ。で、でも、痛くて……」

目から自然に涙が溢れてきて、どうにもとどめることができない。

いくら性に関して無知な少女でも、友人たちとの話などで、初めてのときは処女膜が破れて痛いことが多い、という程度の知識は持っていた。だが、これほどのものとは想像もしていなかった。太腿を筋になって伝う生温かい感触は、おそらく破瓜《はか》の血に違いない。

できることなら、今すぐに行為をやめてどこかに逃げだしたい、という思いが湧きあがる。

そんな智佳の気持ちを悟《さと》ったのか、先輩看護婦が少女の涙を拭《ぬぐ》いながら耳もとに口を近づけてきた。

「智佳ちゃん、もう処女膜は破れちゃったんだから、ここでやめても翔太くんが初めての人ということに変わりはないわ。それに翔太くんだって、今やめられたらきっと我慢できなくなっちゃうわよ」

我慢できなくなったら、翔太はどうするのだろう？　もしかしたら、代わりに美人ナースが彼とするのだろうか？

（ダメ！　これ以上、翔太が仁美さんとエッチするなんて……そんなの、あたしは絶対にイヤッ！）

嫉妬《しっと》心が湧きあがり、自分のなかに生まれた弱気の虫をどうにか抑えこむ。覚悟を決めた智佳は、大きく息を吐くと、痛みをこらえて腰をさらに沈みこませた。

「あっ……うぐ……いつっ……んんんっ……」

ズブズブと肉棒に身体の内側をえぐられる感触とともに、結合部から擦り傷をさらにこすられるような痛みが訪れた。しかし、それでも歯を食いしばって、どうにか大声を出すことだけはこらえる。

（ううっ、痛いよ……どこまで入るの、これ？）

ほんの数秒のことだったはずだが、苦痛に喘ぐ少女には永遠にも思える長さに感じられた。まして、実習服に隠れて結合部が見えず、身体の内側に発生した異物感だけが進行状況を知る唯一の手がかりなので、いったいどこまで入っていくのか見当がつかない。

だが、間もなく腰が翔太の太腿とぶつかって、ペニスの挿入が停止した。

「はあ、はあ……ううっ……ふう……ふう……」

智佳は両手を翔太の胸について、どうにか呼吸を整えた。百メートルを全力で走った直後のように息が切れて、痛みのあまり涙がとめどもなく溢れてくる。

するると、仁美がまた後ろから抱きつくようにして顔を近づけてきた。

「どう、智佳ちゃん？　翔太くんのオチン×ンを入れた感想は？」

「ううっ……痛い……痛いです」

少女は目を閉じたまま、かろうじて答える。

「やっぱり、初めてじゃ仕方がないわね。でも、好きな人と一つになっているんだから、イヤじゃないでしょう？」

「ひと……つ？　くううっ、あたし、翔太と……あんっ」

不意に、先輩ナースが少女のふくよかな胸を揉みはじめた。

「そうよ。今、智佳ちゃんは翔太くんと一つにつながっているの。ねぇ、翔太くん？智佳ちゃんのなかは、どんな感じかしら？」

「は、はひ。すごく熱くてヌメヌメしていて、俺のチ×ポに膣のヒダヒダが絡みついてくる感じで……最高に気持ちいいです」

よほど興奮しているのか、翔太の顔はすっかり紅潮し、声もかすれるくらいうわずっている。

「ですって。よかったわね、智佳ちゃん。翔太くん、すごく悦んでいるわよ」

「ううっ。翔太、恥ずかし……あはあんっ、仁美さん。んくううっ、そんなに揉まれたらぁ……」

痛覚だけに支配されていた肉体に、胸からの心地よさがじんわりとひろがっていく。別の感覚を与えられたおかげか、痛みがほんの少しだけ薄らいで、燃えるように熱い股間に意識を向けられるようになる。

（ああ……熱くて硬くて太いオチン×ン、あたしのなかでヒクヒクしていて……すごい、すごいのぉ……わかる。あたし、翔太と一つになってるんだ）

そう思うと、また涙が溢れてくる。

「智佳、痛いの？」

涙がとまらないのを心配したのか、翔太が聞いてきた。

「あっ、これは違うの。翔太と一つになってるって思ったら、なんだか感動しちゃって……えへへ、変なの」

笑みを見せながら自分の涙を手で拭《ぬぐ》い、目を開けて少年の顔を見つめる。視線が絡み合うと、翔太も照れくさそうな笑みを浮かべた。

（恥ずかしい……だけど、まだ痛いのに、とっても幸せ。こんなの、初めて）

そんな複雑な思いに浸っていると、少女の胸を揉んでいた仁美が手を離した。

「智佳ちゃん、もう動けそう？」

「あっ……はい、たぶん」

「それじゃあ、痛くないように、最初は腰を揺するようにゆっくり動かしてみて」

「えっと、こう……んあっ、な、なんだか……あうっ、ちょっと痛い……けど、ああんっ、変……あんんっ、なかがかきまわされてぇ……んんんんっ」

言われた通りに動いてみたが、痛みや気持ちよさよりもペニスが身体の内側をかきまわす感覚が先に立って、なんとも妙な感じがする。

智佳がイマイチ快感を得ていないと見抜いたのか、美人看護婦が改めて少女の双乳をわしづかみにして力強く揉みはじめた。

「あっ、んっ……はうっ……仁美さ……あんっ、そんなに……はっ、あぁんっ……」

 やや乱暴な愛撫だったが、すでに性感が充分すぎるほど目覚めていたので、先輩ナースの手が動くたびに身体に快感信号が駆けめぐる。

さらに仁美は、人差し指で突起を集中的に弄《もてあそ》びはじめた。

「あんん、乳首が……ひゃうっ！　あはあんっ、んんんっ、あんっ、それっ……あぁんっ、はあああっ、なんだか……あうっ、だんだんんんっ、き、気持ち……よく、ぁふうううううっ！」

痛みは少し残っているものの、次第に快感のほうがうわまわりつつある。それとともに、少女は自然に腰を小さくくねらせていた。

「ううっ、智佳……すごいよ。なんだか、チ×ポがとろけちゃいそうだ」

「あううっ、そんなこと、あんっ、言わないで……ひゃううっ、あぁっ……なんだか、あたし……あんっ、もっと、もっと感じたい！　翔太をもっと、感じたいのぉ！」

動いているうちに、恥ずかしさや痛みよりも、大好きな少年と一つになっている悦びのほうが大きくなってくる。

「じゃあ、ベッドの弾力を利用して、少し上下に動いてごらんなさい。翔太くんはまだ自分じゃ動きにくいから、智佳ちゃんがきちんとしてあげなさいね」

胸から手を離した先輩ナースの指示に従って、智佳は膝に力を入れて小さく上下に動いてみた。

「あうううううっ！　奥……ひゃひぃいいっ！　奥に、ああっ、当たるぅ！」

軽く腰を浮かせて、押しつけるように沈みこませるだけで、ズンと子宮口に肉注射の先端が当たって、猛烈な快感が全身を貫く。マットレスがスプリング式ではないので、弾力はあまりないものの、初体験の少女にはこれでも充分すぎる。

破れたばかりの処女膜がこすれて、痛みも少しだけぶりかえす。だが、今はそれよりも身体を駆けめぐる快電流の衝撃のほうが、はるかにうわまわっていた。

「んふっ、あっ……あんっ、あんっ……腰が……ああっ、動いて……ひゃああんっ、オチン×ンがこすれ……ああんっ、こんなのって……はうっ、すごっ……なんだかぁ、あふううっ！」

少し慣れてきたこともあり、腰の動きが徐々にスムーズになって、無意識のうちに速くなっていく。

「ああっ、いいっ！　あんっ、あんっ、あんっ、これ、いいっ！　気持ちいい！　翔太、翔太、翔太、好き、好きぃっ!!」

自分の気持ちを改めて口にすると、それだけでいちだんと快感が増す。

「俺も、智佳のことが大好きだ……くううっ、俺、出そう……智佳、俺、もう……」

翔太が、切羽《せっぱ》つまった声をもらした。少女のなかで、ペニスもヒクヒクしているのが感じられる。どうやら、もう限界らしい。

智佳のほうも、身体の奥から熱いものがこみあげてくるのを感じていた。子宮のうずきが大きくなり、先ほどのエクスタシーに似た、いや、それ以上のものがもたらされそうな予感が脳裏をよぎる。

「翔太、あたしも、あたしも……ああっ、もうダメ、イク、イクッ……あっ、あっ、はあっ、あはあああぁぁぁぁぁぁぁぁぁぁんっ!!」

なにかが頭のなかで弾けた瞬間、智佳は大きくおとがいを反らして絶叫していた。

意識が飛び、目の前も真っ白になる。しかし、それは先ほど仁美によって導かれた絶頂よりもさらに強烈な、天にも昇るような恍惚感《こうこつかん》を伴っていた。

ほぼ同時に、翔太が「うっ」と声をもらす。そして、ペニスがビクビクと震えて熱い注射液が子宮口を叩いて膣内を満たした。

（ああ……出てる、翔太のセーエキ……あたしのなかで、たくさん出て……お腹がいっぱいになってるぅ）

熱を帯びた液体が身体の内側にひろがっていく感覚が、なんとも言えない充実感をもたらしてくれる。

しばらく身体を震わせて硬直していた智佳は、やがて全身の力を失って少年の胸に倒れこんだ。エクスタシーは過ぎ去ったというのに、その余韻《よいん》がいまだに身体を駆けめぐっていて、油断すると眠ってしまいそうな虚脱感に包まれる。

「智佳、大丈夫？」

少年が、少し心配そうに聞いてきた。

「うん……あたし、イッちゃった。初めてなのに……ねえ、翔太？　あたしのなか、気持ちよかった？」

「ああ、最高だったよ」

背中に手をまわしてきた翔太の言葉に、なんとも言えない悦びが湧きあがる。

「よかったわね、智佳ちゃん」

先輩ナースに優しく声をかけられて、「はい」と小さくうなずく智佳。

自分の心に素直になった少女は、大好きな少年の温かさに包まれながら、今までに味わったことのない満ち足りた幸福感に浸りながら目を閉じた。

治療♥ 3Pご奉仕で看護しちゃうぞ！

1 胸で鎮めて

「すごい、すごい！　お兄ちゃん、左足で立ってるよ！」

リハビリ室に来ていた翔太は、傍《かたわ》らの真維が手を叩いて大げさに喜ぶのを見て、苦笑いを浮かべた。

「まだ、立っただけだよ。それに、手すりをつかんで体を支えているって言っても、やっぱり体重がかかると、ちょっと左足がきついや」

左足の捻挫《ねんざ》の治り具合を見て、昨日から松葉杖での歩行に向けてのリハビリがはじまっていた。もっとも、久しぶりに自分の足で地面に立つことや、捻挫が再発する危険も考慮して、今は平行棒に両手でつかまって立ったり座ったりする練習だけだが。

中等部の制服を着たツインテールの少女は、昨日は補習で見舞いに来られなかったので、こうして翔太が立っている姿を見るのは初めてだった。それだけに喜ぶのもわかる気はするが、いささかオーバーな気もする。

パジャマ姿の少年が再び車椅子に腰かけると、真維が傍らにやってきた。

「お兄ちゃん、もうすぐ松葉杖で歩けるんだね。でも、そうしたらすぐに退院しちゃうの？」

質問してきた少女の顔は、どこか寂しそうだ。

「う〜ん……立てるようになったって言っても、なにしろ捻挫した足だからね。ある程度の距離を歩いても平気になるまでは、入院していると思うよ」

「そうなの？　やったぁ！　って、入院を喜んじゃダメだよね。テヘッ」

笑顔になった真維が、小さく舌を出して自分の頭をコツンと叩く。

「まったくだね。あはは……」

と応じながら、翔太も退院して智佳や真維との接点が減ってしまうことに、寂しさを感じていた。同じ聖凜グループの学校に通っているとはいえ、真維は中等部で別校舎だし、智佳も看護科なので普通科との接点はほとんどない。退院したら、否応なく会う機会は減ってしまうだろう。

そう考えると、できれば一日でも長く入院していたい、という思いすら湧いてくる。

そこに、実習服姿の智佳が駆けこんできた。

「翔太、真維、ここにいたのね！　もう、勝手にリハビリ室に来たらダメじゃない！」

「あっ。お姉ちゃん、ごめんなさい。お兄ちゃんが立てるようになったって聞いたから、真維が見たいってお願いしたの」

少年が口を開くよりも早く、真維が姉に謝る。すると、実習生の少女が大きなため息をついて怒りを解いた。

「まったく……だけど、翔太も翔太よ。こういう勝手なことをしたらダメだって、先生にも仁美さんにも言われているでしょう？」

智佳にキッとにらまれ、翔太は「ははは……」と乾いた笑いを浮かべて、頭をポリポリかくしかない。確かに彼女の言う通りで、専門医から「スケジュールに従ってリハビリをするように」と、しっかり念を押されていたのだ。

「いや～。俺としても早く歩きたいから、少しでも多く練習したほうがいいかなぁ、って思って……」

だが、そんな言いわけなど、ナース候補生の少女には通じなかった。

「あのね、せっかく捻挫《ねんざ》がほとんど治ったのに、悪化させたらどうする気なの？　まだ、右足のギプスは取れてないんだし、車椅子生活が長引くかもしれないのよ」

「ああ～。悪い、悪い」

耳にタコができるくらい何度も同じことを聞かされているため、翔太はそっぽを向いて気のない返事をする。

「ちっとも反省してないわね！　このスカタン！」

智佳の一言で、少年の闘争本能に火がついた。

「なんだと？　だいたい、智佳はギャーギャーうるせーんだよ！」

「なんですってぇ!?　人が心配してやってるって言うのに、その態度はなによ？」

「おーおー、偉そうに。誰のせいで、俺はこんな足になったんだっけか？」

翔太とナース候補生は、お互い牽制《けんせい》するように「う～」と唸《うな》りながらにらみ合う。

「ああ、もう。お兄ちゃん、お姉ちゃん、二人ともケンカはよそうよ。ほら、お兄ちゃんもそろそろお部屋に戻ろう」

いきなり戦争が勃発しかけ、呆気《あっけ》に取られていた真維が間に割りこんできた。

「あっ、そうね。ケンカしてる場合じゃなかったわ」

妹の取りなしに、智佳があっさり態度を変えた。そして、少年の後ろに来ると車椅子のグリップを握ろうとする。

「あっ。真維が車椅子を押す！」

と叫ぶなり、ツインテールの少女が妙にあわてた様子で、姉の前に割りこんでグリップをつかんだ。

「あら、そう？　じゃあ、お願いね」

智佳は穏やかに微笑んで、妹に位置を譲る。

少年が乗っている車椅子は、車輪にハンドリムのついた自走式なので、自分の手で移動することもできる。だが、慣れないことをすると疲れるので、やはり人に押してもらったほうが楽でいい。

翔太は、横を歩くナース候補生の少女と話をしながら、真維に車椅子を押されて自分の病室へと向かった。

その最中、真維が不思議そうに少年と姉を見つめた。

「そういえば、お兄ちゃんとお姉ちゃんって、いつから名前で呼び合うようになったの？」

少年の心臓がビクンッと音をたてて、トランポリンで思いきりジャンプしたかのように大きく跳ねる。

「えっ？　あ〜、そうだっけ？」

と言って隣りを歩く少女の顔を見ると、こちらも頬をほのかに赤くしている。

「そ、そういえば……いつの間にか、ねぇ？」

「そうだな。いつの間にか……だよな」

視線を絡ませ、苦笑いを浮かべる智佳と翔太。

本当は、名前で呼ぶようになったキッカケはわかっているのだが、そのことをツインテールの少女に話すわけにはいかない。

「もう……それに、お姉ちゃんとお兄ちゃんって、ずっとケンカばっかりしていたけど、今はなんか前と違う気がする」

真維は、なお不審の目を二人に向けてくる。

「そう……かしら？　真維の気のせいじゃないの？」

智佳がどうにか平静を装って答えたが、少年の目にも狼狽《ろうばい》しているのがバレバレだ。

すると、心臓病の少女はブンブンと首を横に振った。

「ぶー。そんなことないもん。絶対に、前よりものすごく仲よくなってるよ。ねえ、なにがあったの？」

そんなやり取りをしているうちに、三人は翔太の病室に着いた。だが、部屋に入ってもツインテールの少女はなお追及の気配を崩そうとしない。

そのとき、智佳が壁の時計を見て、妹に声をかけた。

「ま、真維、そろそろ診察の時間じゃないの？」

「えっ？　あっ、本当だ。もう、こんな時間」

と、真維が目を丸くした。心臓に病気を抱えている少女は、定期的に医師の診察を受けている。今日は診察で病院に来たついでに、翔太の見舞いもしていたのだ。

真維は、少し不満そうな顔をしたものの、すぐに笑顔になった。

「それじゃ、お姉ちゃん、真維はもう行くね。お兄ちゃん、また明日」

いったんドアに向かった真維が、振りかえって小さく手を振る。

「うん。じゃあ、明日」

翔太が手を振りかえすと、少女は嬉しそうにニッコリ笑って部屋から出ていった。

「はあ、ビックリしたな。マジで、真維ちゃんに気づかれたかと思ったよ」

翔太が胸を撫でおろすと、ナース候補生の少女も安堵《あんど》の表情を浮かべた。

「本当ね。あたしも、ちょっと焦《あせ》っちゃった。でも、あの様子なら、まだしばらくはごまかせるんじゃないかしら？」

少年と智佳が初めて一つになってから、一週間あまり。二人は相談して、真維には関係をしばらく秘密にしよう、と決めていた。もちろん、いつまでも伏せていられないだろうが、ツインテールの少女が翔太に想いを寄せていることがわかっているだけに、今は少し後ろめたい気持ちのほうが強い。

「さて、と。それじゃあ、やることをやっちゃわないと」

気を取り直した智佳が、ベッドのシーツ交換などの作業をテキパキとやりはじめた。

今日は、仁美が夜勤のシフトでいないのだが、手順なども完全に覚えたようで、一人きりの作業でも以前のぎこちなさもすっかりなくなっている。

少女は、実習期間はもちろん補習の期間もすでに終えていたが、今もこうして聖凜総合病院で働いていた。なんでも、病院のほうで彼女を看護補助のアルバイトとして特別に採用してくれたらしい。苦学生のナース候補生にとっては、現場での経験も積めるうえに給料ももらえて一石二鳥だし、慢性的な人手不足の病院側にとっては雑用を任せられる戦力を安く確保できる、というメリットがある。

とはいえ、看護補助のアルバイトは本来、高等部の三年の課程を終えた専攻科の人間を対象に募集が行なわれる。智佳に関しては、父親がいないうえに妹が入院しがちという特殊な環境を考慮しての、特例的な採用だそうだ。

一通りの作業を終えると、少女が翔太に向き直った。

「さてと……翔太、ベッドに戻って。わたしも、今日はもう上がりの時間だから」

「智佳、手を貸してくれよ」

「なに甘えてるの。一人で移りなさい」

少年の申し出を、ナース候補生が呆《あき》れた顔であっさり却下《きやっか》する。

両足が使えなかったときは、車椅子とベッドの間の移動に介助が必要だった。しかし、今は左足が一応は使えるし、右足も直接的な衝撃がない限り、それほど痛くないので、至近距離の移動なら自力でできる。

「ちぇっ。つれないなぁ」

と文句を言いつつ、翔太は車椅子をベッド脇に移動させた。

智佳は突き放すようなことを言いながらも、少年が万が一倒れそうになったら支えられるよう側に立つ。

「よいしょっ。どっこらせ……っと」

車椅子から立ちあがると、翔太はバランスを取りながら体を反転させてベッドにドンと腰をおろした。

無事に移動したのを見て、智佳がホッとした表情を浮かべる。少年がまだ動作に慣れていないこともあり、なんだかんだ言っても心配しているのだ。

そう悟《さと》った途端に、性欲がムラムラとこみあげてきた。

我慢できなくなった翔太は、「智佳」と呼びかけるなり手をつかんで、少女の身体を思いきり抱き寄せた。

「えっ？　きゃっ。ちょっと、翔……んんんっ」

智佳の言葉を遮《さえぎ》るように、強引に唇を奪う。翔太は、少女の口内に舌を差し入れると軟組織を絡め取った。

「んっ、んっ、んむぅぅ……んぐ、んぐ、むぐぅぅ……んっ、んっ、んっ……」

最初は戸惑っているだけの智佳だったが、刺激を与えているうちに自ら舌を動かしはじめた。二人の舌が淫らに絡み合い、クチュクチュと音をたてる。

その淫靡《いんび》なステップ音を聞いているうちに、少年の興奮はいちだんと高まってきた。

翔太は、少女の歯茎《はぐき》の裏を舐め、さらに口蓋までも舌でネットリ蹂躙《じゅうりん》していく。

「んんんんっ……んふっ、んぐぅぅぅ……んんっ、んんっ、んむっ、んっ……」

智佳は身体を震わせながらも、唇の間から熱い吐息《といき》をもらす。

ひとしきり少女の口内を堪能《たんのう》してから、翔太はようやく唇を離した。

「ぷはぁ。もう、翔太ったら。いきなり、なにするのよ？」

赤らんだ頬をふくらませて、抗議してくる智佳。しかし、その口調や表情は本気で怒っているものには見えない。

「ゴメン。でも、なんだか我慢できなくなっちゃったんだ。いいだろう？」

まだ彼女の仕事が残っているならともかく、もう終わりの時間となれば少しくらいのんびりしていても大丈夫なはずだ。

「も、もう、翔太のエッチ。知らないんだから」

少女が顔を真っ赤にして、狼狽《ろうばい》の態度を見せる。そんな初々《ういうい》しい態度が、ますます翔太の加虐心《かぎゃくしん》をそそる。

「智佳、フェラチオしてよ」

「えっ？　そんな……しなきゃ、ダメ？」

智佳が上目遣いに、困ったような顔で少年を見つめる。

「ダーメ。ほら、早くしてよ。俺、もう出さないと我慢できないんだ」

少し強く言うと、少女が「うん……わかった」と小さくうなずき、おずおずとパジャマのズボンに手をかける。翔太が腰を浮かすと、ナース候補生はパンツもろともズボンをズリさげて、少年の下半身をあらわにした。

「きゃっ。翔太のオチン×ン、もうこんなにおっきく……」

勃起を見て、少女が驚きの声をあげる。

「そうなんだよ、看護婦さん。キスをしていたらチ×ポがこんなに腫《は》れちゃって、どうしようもないんだ。なんとかしてよ」

翔太がおどけて言うと、前にひざまずいた少女がクスッと笑った。

「もう、仕方のない患者さんね。腫れを直すのは、本当は看護婦じゃなくて、お医者さんの仕事なんだから」

そう言いながら、智佳がペニスを優しく握った。少し恥ずかしそうにしているが、もうためらう素振りはない。

少女は顔を近づけると、肉棒をパックリと咥《くわ》えこんだ。最初の頃は半分程度しか口に含めなかったが、今では根元までしっかり入れられるようになっている。

「んっ、んっ、んっ……ぷはっ、ンロ、ンロ、ンロ……」

顔を動かしてシャフト全体を唇でしごき、いったん口を離して手で根元を軽くしごきながら亀頭を舐めまわす。

初体験から毎日のように同じことを経験しているためだろう、智佳の動きはすっかりスムーズになっていた。また、少年の感じやすいところを覚えて、甘美な刺激を的確に与えてくれる。

「智佳。フェラチオ、すっかり上手になったね」

「んっ、んっ、んはあっ。だってぇ、仁美さんがやり方を教えてくれたし……それに、翔太にいっぱい悦んでほしいから」

彼女の健気《けなげ》な言葉に少年の胸が熱くなり、ますます興奮が高まってくる。

二人の関係の手助けをしてくれた仁美は、その後も手が空《す》いているときに、性の知識が乏しい少女にさまざまなことを教えてくれた。特に、フェラチオの方法は念入りにレッスンを施していた。おかげで、先輩ナースにはまだまだ及ばないものの、智佳のテクニックは数日でかなりのレベルに達している。

(ただ、フェラチオもいいけど……やっぱり、あれをやってもらいたいなぁ。そろそろ大丈夫じゃないかな？)

少年には、実はずっとしてほしかった願望があった。これまでは、拒まれるのが怖くてためらっていたのだが、今の彼女の様子なら、少なくとも拒絶されることはない気がする。

そう思うと、欲望が抑えられなくなってきた。

「あのさ……智佳、胸でしてくれない？」

翔太は、なおも口内奉仕をつづけている少女に、思いきって声をかけた。

「んはっ。胸でって……どうすればいいの？」

肉棒から口を離し、智佳が首をかしげる。

なにしろ、翔太とセックスするまで学校教育以上の性知識がなかった少女なので、どうやらパイズリという行為自体を知らないらしい。

「智佳のオッパイで、俺のチ×ポを挟んでしごいてほしいんだ」

「えっ？　そ、そんなことするの？　それで、気持ちいいの？」

と、ナース候補生が目を丸くする。

「うん。ほら、パイズリって胸が大きくないとできないからさ。やってもらうのは、男の憧れなんだよ」

「そういうモノなの？　変なの」

看護補助の少女が、なんとも不思議そうな表情を見せる。

「変でもなんでもいいからさ。智佳、お願いだからパイズリしてよ」

「も、もう……しようがないわね」

文句を言いながらも、智佳が少し恥ずかしそうに白いエプロンをはずした。そして、淡いブルーの実習服を脱いで、ピンクのレース地の可愛らしい下着姿を少年にさらす。

さらに、手を後ろにまわしてホックをはずし、ブラジャーを脱ぎ捨てる。

すると、九十二センチEカップの見事なバストが、プルンとこぼれでた。

（う〜ん。やっぱり、いつ見ても智佳のオッパイはおっきいなぁ）

もちろん、ただ大きいだけでなく、形から柔らかさや弾力まで素晴らしくバランスが取れているのは言うまでもない。この素晴らしいふくらみに一物を挟んでもらえると思うだけで、少年の興奮はさらに高まってくる。

再びひざまずいた智佳が、ゆっくりと胸を肉棒に近づけた。そして、自分の唾液に濡れたペニスを谷間にあてがい、両手で乳房を寄せる。

勃起した肉棒が、柔らかな双乳にスッポリと包みこまれた。口や手、また膣とも違う感触に竿全体を覆われた瞬間、翔太の背筋になんとも言えない快感が駆けあがる。

「翔太、これでいいの？」

心配そうに、智佳が聞いてきた。パイズリという行為をまったく知らないため、言われた通りにしても不安らしい。

「ああ、そのまま胸を使ってチ×ポをしごいてみて」

「うん。うまくできるかな？　ヘタだったら、ゴメンね。んしょ、んしょ……」

と、身体を揺するようにして、少女がゆっくりと動きだす。

（うはぁ、これはたまんないや！　なんて気持ちがいいんだ！）

ペニスから訪れた心地よさに、翔太は心のなかで悦びの声をあげていた。

智佳の動きはぎこちなかったが、きめ細かな肌とふくよかな脂肪《しぼう》に包まれた分身から、フェラチオともセックスとも違う快感が送りこまれてくる。これは、彼女が大きくて魅力的なバストを持っているおかげだろう。

また、唾液と先走り汁がどうにか潤滑油になって、摩擦もそれほど強くない。そのため、充分すぎるくらいに快感を堪能《たんのう》できる。

「んっ、んっ、んっ……ねぇ、んはっ、翔太? はんっ、どう? んは、んはっ、気持ちいい?」

「ああ。最高だよ、智佳」

「そう? んはっ、嬉しい。じゃあ、んしょ……もっと、んしょ、気持ちよく……んはっ、してあげる」

ナース候補生の手に力が入り、パイズリにも熱がこもる。

暖房が利《き》いていることもあり、少女の谷間が次第に汗ばんできた。すると、汗も潤滑油となり、また行為そのものに慣れてきたこともあるのか、動きがだんだんとスムーズになっていく。

間もなく、翔太は腰に熱いものがこみあげてくるのを感じた。実習生の少女が胸で奉仕している姿やパイズリの快感を前に、どうにも昂《たかぶ》りを抑えることができない。

「ううっ。俺、出そう……」

「えっ、もう？　あんっ。それじゃあ、このまま出していいよ」

智佳は手を動かして、胸の谷間に挟まったシャフトをシュコシュコとしごく。

その巧みな刺激が、少年の我慢を突き崩した。

翔太は、「くうううっ！」とうめいて、ナース候補生の顔面から胸にかけて大量の白濁液をぶちまけた。

「ああっ！　出たぁ……翔太のセーエキ……いっぱい出たのぉ……」

うっとりした顔で、少年の精を浴びる智佳。

スペルマが出つくすと、少女は顔や身体についた液を手ですくい、ためらう様子も見せずにペロペロと舐めはじめた。そうして一通り舐め終えると、ペタンと床に座りこんで、惚《ほう》けた表情で翔太の顔を見あげる。

「んふぅ……これ、前は変な味としか思わなかったけど、今は好き。だって、翔太のだもん」

そんな殊勝《しゅしょう》なセリフに、少年の胸の奥にも熱いものがひろがって、射精で萎《な》えかけた性欲が見るみる甦《よみがえ》る。

「智佳、こっちにおいでよ。俺も、してあげる」

と声をかけると、ナース候補生は「うん」とうなずいてノロノロ起きあがり、身体

を反転させて膝の上に座ってきた。

翔太は脇の下から手をまわし、大きくて形のいいバストをムンズとわしづかみにする。少女の乳房は充分すぎるほどのボリュームがあるので、こうしてつかんでも手からこぼれてしまいそうだ。

ついさっきまでペニスを挟んでいたためか、すでに乳首が勃《た》っているのが、手のひらにはっきり伝わってくる。

少年は絶妙な弾力を味わうように、まずは乳房をゆっくりと揉みしだいた。

「んっ、ふっ……ああっ、はううん……翔太ぁ……あんっ、はあっ、あふぅ……くふうぅぅん、気持ちいいよぉ」

手の動きに合わせて、智佳が鼻にかかった甘い声で鳴く。

大きくてしなやかな双乳は、手に吸いつくように触り心地がよく、揉むたびに自由自在に形を変える。この感触が、なんともたまらない。

そうしているうちに、手のひらに乳首の存在感がいちだんと強く感じられるようになった。乳頭がすっかり屹立《きつりつ》し、まるで少年の手を押しかえそうとしているかのようにも思える。

翔太は、いったん胸から手を離すと、ふくらみの頂点でツンッと突きだしているピンクのトグルスイッチをつまんだ。それだけで、智佳が「あんっ」と気持ちよさそうな声をもらす。

まず、少年はダイヤルをまわすように、突起をクリクリといじくった。

「あうっ！　はうううぅんっ……あんっ、あんっ」

指の動きに合わせて、髪を振り乱して喘ぐ智佳。

さらに少年は、スイッチのオン・オフをするように、二つの同時に乳頭をピンッと弾いた。

「きゃあああんっ！　そ、それ、はうっ、いいっ！」

と、少女が悦びの声をあげる。

何度かの経験でわかったことだが、興奮した智佳は乳首を弾く行為にとことん弱かった。こうしているだけで、彼女はたちまち快楽の虜《とりこ》になってしまう。

反応を見ながら、翔太は片手を胸からはずし、股間へと滑りこませた。

下着越しに指が秘部に触れた瞬間、少女が「んあっ……」と小さな声をもらして身体をピクンと強《こわ》ばらせる。ただ、薄い布地を挟んでいても、すでにそこがしっとりと湿っているのが、少年にもはっきりわかる。

翔太は、布を秘部に押しこむようにしながら、指先で秘裂をツンツンと突いてみた。

「あっ、ああっ！　そんな……ダメぇ。それ、はうっ、ジンジンしちゃうぅ！」

と喘ぎながらも、少女の股間の湿り気はいっそう増していく。

「智佳のオマ×コ、もうすっかり濡れてるね？　乳首もビンビンに勃《た》っているし、パイズリしていて智佳もすごく感じていたんだろう？」

「あんっ、そんなこと……あうぅっ、言わないでよぉ。んはぁっ、バカぁ」

なおも、ナース候補生が憎まれ口を叩く。だが、身体の反応はごまかしようがない。

「もう準備できているみたいだし、そろそろいいかい？」

手をとめて聞くと、少女は安堵と無念さが入り交じったような表情を浮かべた。

「はあぁぁ……う、うん。でも、翔太は？」

「平気。智佳のオッパイとオマ×コをいじってたら、すっかり元通り」

実際、射精直後にやや硬度を失ったものの、すでに充分すぎるくらいに勃起は回復している。

「もう、翔太のエッチ。そういうことを女の子の前で言うなんて、デリカシーがなさすぎよ」

顔を赤くして、智佳が文句を言う。

（とか言ってるけど、智佳ってこうやって言葉で責められたりすると、口では反発し

ても逆に興奮するタイプみたいなんだよね）

美人ナースの受け売りだが、そうわかっていれば適当に聞き流すこともできる。翔太は、彼女の抗議を無視して胸から手を離した。

「じゃあ、智佳。俺は座ったままでいるから、自分でチ×ポを挿《い》れてよ」

「あっ……うん、わかったわ」

と言って、智佳がいったん立ちあがる。その間に、翔太はベッドに深く腰をかけ直した。

まだ右足のギプスが取れず、足首を動かすことができないので、現状では原則として女性上位の体位しかできない。もっといろんな体位を楽しみたいところだが、仁美と智佳とまったく異なるタイプの白衣の天使たちに騎乗位でかしずかれるのは、これはこれで少年の征服感を刺激してくれる。

智佳がパンティーを脱いで、再び翔太に背を向けてまたがってきた。そして、竿をつかんで位置を合わせると、ためらう素振りも見せずに腰をおろす。

「あああああっ！　翔太のお注射、入ってくるぅ！」

挿入と同時に、少女が大きく背を反らして歓喜の声をあげた。もうセックスにも慣れたようで、痛がる素振りはまったく見せない。

ペニスがズブズブと奥に入りこみ、やがて限界点に達して動きがとまる。

「んんっ……入ったぁ、全部……はあぁぁ、おっきくて、熱くて硬いの……」

「智佳のなかも、すごく熱くて気持ちいいよ」

背面座位の完成に満足しながら、翔太は背後から再びバストをつかむ。

「あんっ、それぇ……とっても感じるぅ」

「動いてよ、智佳」

少年の言葉に従って、ナース候補生がゆっくりと腰をくねらせはじめる。

「ああ、いいっ。オチン×ンがなかでこすれて、気持ちいいのぉ……」

彼女の動きに合わせて、翔太は大きな乳房をゆっくり揉みしだいた。

「あうっ……んんっ、くぅぅぅん……はっ、うっ、あんっ……あはぁんっ、いいのぉ……ああっ、それぇ……」

熱い喘ぎ声をもらしながら、智佳の腰の艶めかしい動きがいちだんと大きくなる。

その反応を見て、少年は攻撃ポイントを再び胸の頂点にある突起物に定めた。

「あひぃっ！　んあっ、いいぃぃいいっ！　乳首、気持ちいいのぉ！」

乳首を軽くクリクリと弄《もてあそ》んだだけで、少女が悦びに身体を震わせる。

「智佳、ついこの間まで処女だったのに、すっかりエッチになっちゃったね？」

「あんっ、言わないで。翔太が、ああんっ……翔太と仁美さんがぁ、はううん、悪いんだからぁ……あはあぁぁん、乳首がいいのぉ！」

そう言いながらも、智佳は腰の動きをとめようとしない。

「へえ。智佳、人のせいにするんだ。フェラチオとかパイズリをしただけで、オマ×コがヌルヌルになるのも、俺や仁美さんのせいだって言うのかい？」

「ああっ、んんんっ、だって、だってぇ……はうぅん、そうじゃないのぉ。あたし、この間までオナニーも、あふうううぅん……したことなかったのにぃ……きゃふっ！　それが、こんな……あはあぁぁっ！」

しかし、それでも少女は、自ら腰を振って喘ぐのをやめようとしなかった。

「でも、智佳がエッチなのは間違いないよな？　そうじゃないって言うなら……」

翔太は胸から手を離すと、同級生少女のウエストを力ずくで押さえこんだ。

「あっ、いやぁ……ああっ、ダメぇ、腰が……」

強引に快感をとめられた智佳が、なんとか腰を動かそうとする。しかし、少年はそれを許さない。

「んんっ、イヤ、イヤぁ……手を離してよぉ。お願い、翔太。いじわるしないでぇ」

ついにナース候補生が、涙を流して懇願してきた。

「智佳、自分がエッチだって認める？　認めたら、離してあげるよ」

さすがに、智佳はややためらう素振りを見せる。だが、ひとたび覚えてしまった快楽に逆らうことなどできない。

「ああ……み、認め……認めるわ。あたし、エッチなの。あたし、翔太とエッチするのが大好きなのぉ！　だから、お願い、もっと気持ちよくしてぇ！」

「はい、よくできました」

と言って手を離すなり、看護補助の少女は堰《せき》を切ったように激しく腰を上下に動かしはじめた。

「ああっ、ああっ、いいの、いいのぉ！　気持ちいい！　翔太のオチン×ン、あふっ、すごいよぉ！　はうぅぅっ！　翔太も、あんっ、翔太も動いてぇ！」

リクエストに応えるため、少年はマットレスに両手をつくと、クッションの弾力と智佳の動きを利用して下から突きあげた。前は、こういった体位でも自力で動くのは難しかったが、今は不充分ながらも左足で踏んばれるので、かろうじてピストン運動が可能だ。

「あううっ、深い！　あんっ、奥までっ、ああんっ、来てるのぉ！」

少女が大きくのけ反って、甲高《かんだか》い声で喘ぐ。

そうして、彼女の内部の感触と甘い喘ぎ声を堪能《たんのう》しているうちに、翔太は今日二度目となる、息苦しいくらいの射精感を抑えられなくなってきた。

「智佳。俺、そろそろ……出すよ。出してもいいかい？」

「ああんっ、いいよ、来てぇ！　翔太、あたしのなかに、いっぱい出してぇ！」

智佳の許可をもらって、少年は突き上げを小刻みにしてスピードを速めた。それに呼応するかのように、膣道が収縮してペニスを淫らに刺激しはじめる。

「あっ、あっ、あっ……あたしもっ、もうっ……翔太、翔太、あっ、うっ、うっ、来て、来てえぇぇぇぇぇぇぇぇぇぇぇ!!」

絶叫とともに、智佳がビクンと跳ねるようにして身体を強《こわ》ばらせた。

膣全体がキュッと締まり、ペニスへの摩擦を増す。それがとどめになって、少年は大量のスペルマをナース候補生の内部に注ぎこんだ。

「ああ……出てるぅ……いっぱい……お腹が熱いぃぃぃぃ……」

放心したようにつぶやいた少女が、そのまま翔太にもたれかかってくる。

「ふう、ふう、はふうぅぅぅ……」

荒い息を吐きながらも、智佳は満ち足りた表情を見せる。

（はぁ……本当に、何度やってもなんだか夢を見ているみたいだ。智佳と、こんなこ

とができるなんて……つい一週間くらい前までは、ケンカばっかりしていたのに）
それが、今では毎日のように体を重ね、幸せな時間を共有している。
智佳の体重と芳香を感じながら、少年の心はなんとも言えない充実感で満たされていた。

2 クスコはやめて

「ああ……仁美さん、こんな格好、やっぱり恥ずかしいです。早くほどいて」

「ちょっと我慢してね。これは、保健体育の授業みたいなものなんだから」

智佳の訴えを、先輩の美人看護婦が冗談めかしながら却下する。

しかし、ナース候補生の少女にとっては冗談ではすまない。なにしろ、本来は翔太が寝ているはずのベッドに、両手をバンザイするような形でロープで縛られ、両足も開脚させられた状態でガッチリと縛りつけられているのだ。その姿は、まるで分娩台《ぶんべんだい》に乗せられた妊婦《にんぷ》のようだ。また、ブラウスと白いエプロンは身につけているものの、パンティーはすでに脱がされている。

その日の夕方、勤務時間を終えた仁美を交えて、いつものように翔太と三人でのプレイがはじまった。ところが、智佳が入院患者の少年と先輩ナースから同時に愛撫されて快感に喘いでいたら、あれよあれよという間にこんな格好をさせられてしまったのである。

すでに、あられもない姿を何度も見せ合っている仲とはいえ、さすがにこのポーズは死ぬほど恥ずかしい。

一方、ベッドの本来の主である少年はと言えば、ナース候補生の足もとに座って、仁美の行為を穴が開きそうなくらいジッと見つめている。

先輩ナースが、横から見るとペリカンのくちばしそっくりな器具を取りだした。

「ああっ、仁美さん？　それ、なんですか？」

「クスコって言うのよ。知らない？　これでオマ×コをひろげて、なかを見ることができるの」

と言いながら、器具を少女の股間に近づけてくる。

「いやいや！　恥ずかし……んんんっ！」

智佳の抗議は、美人看護婦が秘部に押し当てた金属の冷たい感触で途切れてしまった。腰を揺すって逃れようとしたが、両手両足をベッドに縛りつけられていては、どうにもしようがない。

「大丈夫よ。最初は変な感じかもしれないけど、痛いものじゃないから」

そう言って、先輩ナースがクスコの先を膣の奥へと差しこんだ。

(ううっ、入ってくる……あたしのオマ×コを押しひろげて、金属の……くうっ、本当に変な感じぃ)

ペニスとは違う異物感が侵入してくる感覚に、少女は戸惑いを隠せない。

しかし、行為はそれだけではとどまらなかった。奥まで入ってきたところで、クスコのくちばしがパカッと開いた。ヴァギナ全体を大きく押しひろげるなんとも言いがたい感触に、ついつい智佳の口から「うあっ」と苦悶の声がこぼれる。

「翔太くん、見てみなさい。これが膣道よ」

仁美に呼ばれて、少年が股間に顔を近づけてきた。

「どう？　こんな奥まで、見たことないでしょう？」

「う、うん。クンニしても、せいぜい膣口までだし……うわぁ、智佳のなかって、こんなふうになっていたんだ。膣の襞とか子宮口まで、はっきり見えるよ。すごいや」

うわずった声で、感想をもらす翔太。

「いやぁ。翔太、見ないでよぉ。バカ、バカぁ」

恥ずかしさと情けなさが入り交じって、自然に涙が溢れてくる。

クンニリングスでも恥ずかしいのに、自分でも見たことのない膣の内側を覗かれているのは、生き恥をさらしているとしか思えなかった。なんとか秘部を隠したかったが、手足をしっかりロープに縛られているため、どうあがいても願いはかなわない。

「うふふ……翔太くん、しっかり見ておきなさい。これ、試験に出るわよ」

と、後輩に冗談めかして言う仁美。

しかし、翔太の眼差しは試験勉強で教科書やノートに向かっているときよりも、はるかに真剣なものだった。目を閉じても、彼の熱っぽい視線がはっきりと感じられる。

（ダメ、そんなに見つめないで。ああ……翔太に見られていると、なんだかあそこがだんだん熱く……いや、そんなの）

だが、意識すまいと思えば思うほど、なぜか股間がムズムズして身体の奥が熱くなってしまう。

「あっ、愛液が出てきた。智佳、見られて感じてるんだ？」

「いやああっ、そんな……そんなことないもん。あたしは……」

意外そうな少年の言葉に、智佳はどうにか反論を試みた。

「あたしは、なぁに？　智佳ちゃんのオマ×コ、嬉しそうにヒクヒクしているわよ」

と、今度は仁美が突っこんでくる。

少女は、なんとか愛液の流出を抑えようとした。だが、意識するほど逆にクスコの存在感が増し、秘部はますます熱を帯びてしまう。こればかりは、自分の意思ではどうにもならない。

(ああ、ダメ……あたし、おかしくなっちゃう)

内側から大きく押しひろげられている違和感も、いつの間にかそれほど気にならなくなっていた。それに、金属も少女の体温で温まって、もう最初のような冷たさは感じない。

「本当にすごいや。膣のなかの襞が、ヒクヒク動いているよ。智佳、クスコだけで気持ちよくなってるのか?」

「ああっ、ちがっ……身体が勝手に……こんなの、もう……」

翔太の言葉を打ち消したかったが、改めて内側の様子を指摘されて、身体のうずきはますます大きくなってしまう。

すると、仁美が位置を移動してエプロンの上から少女の胸をいじりはじめた。

「あっ、くうっ……仁美さ……んはあぁんっ」

ブラジャー、実習服、エプロンと三つのものを挟んでいるというのに、先輩ナースに揉まれたバストから甘美な快感がビリビリと駆け抜ける。

「智佳ちゃん、乳首が大きくなっているのが、服の上からでもはっきりわかるわ。これでも、気持ちよくなってるって認めないの？」

そう言いながら、美人看護婦が乳房のトップをチョンチョンと突いて弄《もてあそ》ぶ。

「うわあ……仁美さんがちょっといじっただけで、愛液がクスコに溢れてきた。すごいよ、まるで洪水だ」

「はうっ、バカ翔太ぁ……あんっ、そんなこと……んんんっ、言わないでよぉ」

快感に喘ぎながら、智佳は顔を激しく振った。

「翔太くん、女の身体って面白いでしょう？　オチン×ンが入ると膣道がそんな感じに動いて、キミを気持ちよくしてくれるのよ」

「はい。チ×ポでは感じていたけど、こんなふうになっているなんて……このヒダヒダが、絡みついてきていたんだね」

仁美と翔太が男性器の話をした途端、智佳の脳裏に少年の一物のイメージが浮かんだ。同時に、それを挿入されたときの快感が甦り、身体のうずきがいちだんと大きくなる。

「はっ、うっ……ああっ、ああっ……あんっ……ううっ……」

胸を揉まれながら、いつしか少女の口からは熱い吐息《といき》がこぼれでていた。

「智佳ちゃん、そろそろ翔太くんのオチン×ンが欲しくなってきたんじゃない？」

「あっ、んっ……そんなこと……ありま……んあああっ」

否定しようとしたものの、実際には先輩ナースの指摘通り、ペニスへの欲求がもう抑えきれないくらいに高まっている。

（もうダメ……我慢できないぃぃ！）

淫らな実習を施され、羞恥と快楽の狭間《はざま》に揺れ動いていた少女を支えていた理性の糸が、とうとうプツンと音をたてて切れた。

「あんっ、翔太、お願い！　もう……あたし、欲しいの！　翔太のオチン×ンが、欲しくてたまらないのぉ！」

もはや恥も外聞もなく、欲望の赴《おもむ》くままに少年を求める智佳。

「仁美さん、どうする？」

と、翔太がセックスの師匠である美人看護婦を見た。

「そうねぇ。素直になったことだし、そろそろご褒美《ほうび》をあげてもいいわね」

仁美がそう言って、少女の股間からクスコを抜いた。

蜜にまみれた金属の物体が抜けていく感触だけでも、智佳は感じてしまって「あふっ」と声をもらしてしまう。しばらく秘部に入っていたモノが抜けたため、股間に言いようのない寂しさを感じる。

さらに、先輩看護婦は少女の手足を縛っていた縄をほどいて、性教育の実習の終焉《しゅうえん》を告げる。

「ああっ、翔太ぁ！」

ようやく自由になった智佳は、湧きあがる情欲に支配されて、少年をベッドに押し倒した。

「お、おい、智佳？」

戸惑う翔太をよそに、パジャマのズボンとパンツをズリさげて、一物をあらわにする。すでに、少年の分身は下腹部にくっつきそうなほど屹立《きつりつ》し、パンツにシミを作るくらい鈴口から先走り汁を溢れさせていた。それを見ただけで、胸が熱くなる。

「ああっ、これぇ。大好きぃっ」

少女は本能の赴くままに、ペニスに頬ずりした。頬に当たる肉棒の皮膚の感触が、なんとも言えずに心地よく、己《おのれ》の性欲をいっそう高めてくれる。

それから智佳は、肉棒をパックリと咥《くわ》えこんだ。以前は妙にしか思わなかった男性器の匂いも、今では嗅ぐだけで股間をうずかせる媚薬のように思える。

「智佳ちゃん、すっかり翔太くんのオチン×ンが気に入っちゃったみたいね」

と、少女を見ながら仁美がクスクス笑う。

「ん、んっ……んぐ、んぐ、んぐ、んぐ……んむ、んむ……」

先輩の言葉も気にせず、智佳は声をもらしながら少年の一物を味わいつづけた。

「智佳ちゃんね、前は失敗が多かったけど、今は男性患者さんの下《しも》のお世話もきちんとできるようになったの。おかげで、他の患者さんたちとか看護婦仲間の評判もすごくよくなっているのよ」

「へぇ、そうなんだ。くうっ……こうやって、鍛えているからかな？」

翔太が、イタズラっぽく言いながら股間に顔を埋めるナース候補生を見た。だが、口にひろがる芳香に酔いしれている少女には、その視線すら快感に思える。

「うふふ、そうかもしれないわね。こんな嬉しそうに咥《くわ》えるようになったら、もう普通のオチン×ンを見たくらいで動揺する心配もないわ」

と、楽しそうに仁美が答える。

事実、智佳は男性患者の裸やペニスを目にしたくらいで、以前のようにいちいち動揺することはなくなっていた。仕事に慣れて度胸がついたこともあるだろうが、やはり何度もフェラチオなどをしている間に、一物に対する抵抗感がすっかりなくなったのだろう。

「それにしても、最近どうやって智佳ちゃんを教育したのかって、よく聞かれるんだけど、いつも答えに困っているのよ。まさか、本当のことを言うわけにはいかないものね」

そう言って、仁美が苦笑いを浮かべた。

確かに、こんなところを誰かに見つかりでもしたら、智佳だけでなく美人ナースの立場も危うくなるだろう。しかし、そんなスリルも今の少女にとっては興奮を高める材料でしかない。

「んはっ。レロ、レロ、レロ……はむっ。ンロ、ンロ、ンロ……」

いったん、ペニスを口から出して裏筋を舐めあげ、つづいて唇で包んだ亀頭を舌先で舐めまわす。

「くっ……智佳」

翔太が苦しそうな、それでいて気持ちよさそうな表情を見せる。

(この顔……翔太が感じている顔……これを見るの、大好きぃ)

そうしているうちに、股間のうずきが耐えられないくらい大きくなりはじめた。

「んはっ、入れたい。翔太のオチン×ン、あたしのオマ×コに入れたいのぉ！」

ペニスから口を離して訴えると、少年がニヤニヤしながら、

「智佳、そんないやらしいこと言って、恥ずかしくないのかい？」

「は、恥ずかしいわよ。でも、身体がうずいて我慢できないんだもん！」

さすがに彼の顔を見ることはできず、そっぽを向きながら答える智佳。

「まったく、しようがないな。それじゃあ、挿《い》れていいよ」

翔太の許可が出ると、少女は服を脱ぐ間も惜しんで上にまたがった。身体の奥が燃えるように熱く、本能の昂《たかぶ》りはもはや一時も抑えられない。

実習服のスカート部を片手でめくりあげると、智佳はもう片方の手でペニスをつかみ、自分の股間と位置を合わせた。肉棒の先端が当たっただけで、身体に甘美な快感が駆けめぐる。

少女は大きく息を吐いて呼吸を整えると、一気に腰を沈みこませた。

「あはあああっ！　これ、いいぃぃぃいっ！　んあああっ、奥に来るのぉ！」

ようやく得られた挿入感に、思わず悦びの声が口をついて出る。

少年の膝の上に腰を落としきると、智佳はすぐに身体をくねらせはじめた。

「ああん……いいっ。これ……あふぁあん、これぇ！　翔太のオチン×ン、とってもいいのぉ！」

喘ぎながら、子宮で少年を感じようと少女は大きく上下に腰を動かした。もう、騎乗位にもすっかり慣れたので、大きな動きをしてもはずれそうになることはない。

「くっ……智佳のあそこ、今日はいちだんとすごいよ。クスコで見たあれが、俺のチ×ポにネットリ絡みついてくる」

快感に酔いしれていた智佳は、そう言われて、ついさっきクスコで奥を見られたことを思いだした。すると、腹の奥でなにかがキュンッと締まり、膣道が意思とは関係なく勝手に蠢《うごめ》く。

「うはぁっ。智佳、そんなに締めるなよ」

「ああんっ、違うのぉ。んふうっ、翔太がぁ、あはあんっ……変なこと、んくうっ、言うからぁ……」

と言いながらも、少女は腰をとめることなく快感を貪《むさぼ》りつづける。

「智佳ちゃん、気持ちよさそう。羨ましいわ。わたしも、なんだか我慢できなくなってきちゃった」

先輩看護婦がそう言うと、ナース服のスカート部をめくりあげてパンティーを脱いだ。さらに、少年の顔の上に乗って、智佳と向かい合う体勢になる。

「翔太くん、お勉強のつづきよ。あそこを舐めて、わたしのことも気持ちよくしてちょうだい」

と、仁美が茂みに覆われた秘裂を少年の口に押しつけ、スカートをおろした。

翔太の顔が、少女の位置からは完全に見えなくなる。しかし、美人ナースの秘部からペチャペチャと音がしはじめたので、彼がなにをしているのか想像はつく。

「んはぁ、そう……いい感じよ、翔太くん。はうぅっ」

たちまち仁美が、甘い声で喘ぎだす。

(翔太が、仁美さんのオマ×コを舐めてる……)

そう考えると、嫉妬《しっと》の思いが湧きあがって妙にイライラする。

「翔太ぁ。あたしのなかで、もっと気持ちよくなってぇ」

智佳は少年を悦ばそうと、腰の動きをさらに強めようとした。

ところが、その前に仁美が手を伸ばして、少女の身体を強引に抱き寄せた。そして、有無を言わさず唇を重ねてくる。

「んんっ!? んっ、んっ、んぐぅ……んむううっ」

ナースの舌が強引に口内へと侵入し、少女の舌を絡め取った。舌がネットリと絡みついてくるなり、その接点から快電流が発生する。

(あんっ、気持ちいい! 翔太とエッチしているのに、仁美さんとこんな……ああっ、ますます身体が熱くなっちゃう!)

クンニリングスの刺激があるせいか、仁美も荒い息を吐いていて舌の動きが乱れがちだ。しかし、それがイレギュラーな快感を作りだすのも間違いない。

先輩看護婦の手が、エプロンの上からナース候補生の豊満なバストに触れた。

「んんっ！　ん、んっ、んぐうぅぅ……んむ、んむ、んむううううっ！」

すっかり敏感になった胸から訪れた快感に喘ぎ声をあげたかったが、唇を奪われているため叶わない。ただ、そのせいか腰の動きが自然に速くなってしまう。

（ああっ、あたし変よ！　気持ちよくて、もっとエッチになりたくて……腰がどんどん動いちゃう！）

すでに、智佳は自分の限界が近いことを察していた。身体の奥に発生した熱は、いつ爆発してもおかしくないくらいに大きくなっている。

不意に、仁美が身体を震わせて唇を離した。

「んはあっ！　ああっ、翔太くん！　そこっ……クリトリスは、感じ……あはあっ、いいのぉ！　ダメ、わたし、そこ舐められたらすぐイッちゃう！」

切迫した声をあげる仁美。どうやら、彼女ももうすぐ限界らしい。

「仁美さん、あたしも、あたしももうイキそうです！」

腰の動きを速めながら、智佳も先輩ナースに訴える。

「いいわ、智佳ちゃん！　イキましょう！　みんなで一緒にイクのぉ！」

翔太の一物も、すでに少女の膣内でヒクついていた。仁美のスカートに顔がスッポリ隠れて見えないものの、これが限界の予兆なのは、今までの経験でわかっている。

智佳は、腰を小刻みに動かして少年の射精を誘い、同時に自身も絶頂への階段を駆けあがった。

「あっ、あっ、あっ……もう、あたし……イク、イクぅぅぅぅぅぅぅぅ!!」

少女が全身を強《こわ》ばらせて絶叫すると同時に、

「あんっ、智佳ちゃん。わたしも……あはあぁぁぁぁぁんっ!!」

と、先輩ナースも大きくおとがいを反らす。

ほぼタイミングを同じくして、智佳のなかに大量のスペルマがまき散らされた。

（ああっ、出てる……翔太のがいっぱい……幸せぇ）

熱い注射液を膣にたっぷり注がれて、少女の心が満ち足りた思いに支配される。

やがて精の放出が終わり、腰を浮かしてペニスを抜くと、今度は悲しいくらいの喪失感が襲ってきた。

「はぁ、はぁ、はふうぅ……」

身体に力がまったく入らず、智佳は精液を股間から垂らしながら、少年の膝の上にへたりこむ。

するとと、仁美がトロンとした目で少女を見つめた。

「ねえ。今度はわたしにも、翔太くんのオチン×ンをちょうだい」

そう言うなり、先輩ナースが精液と少女の愛液にまみれたペニスにしゃぶりついて、シックスナインの体勢になった。あまりに急な行動だったので、智佳と翔太が制止する間もない。

「んっ、んっ、んっ……んぐ、んぐ、んぐ、んぐ……レロ、レロ……」

声をもらしながら顔を動かし、仁美が肉棒を見るみる綺麗にしていく。

「うっ……くうっ……仁美さんっ、そんな……」

と、うめき声をあげる翔太。

ナース服姿の美人看護婦は、チュパチュパとペニスをきつく吸いあげ、さらに少女には真似《まね》のできない勢いで竿全体を刺激する。

よほど鮮烈な快感を与えられたのだろう、射精で萎《な》えかけていた一物が、あっという間に元の硬さを取り戻して斜め四十五度にそそり立つ。

あまりに巧みなテクニックを、智佳は驚いて見守るしかない。

「さあ、それじゃあ準備はいいわね、翔太くん？」

「そんな……少し休ませてください」

「ダメよ。わたし、もう我慢できないの。翔太くん、若いんだからがんばって」

翔太の情けない要求をにべもなく却下すると、美人看護婦は後輩の少女を押しのけるようにしてペニスの上に身体を移動させた。その勢いに押されて、智佳はつい場所を譲ってしまう。

「んっ……はあぁ……いいわぁぁ！」

歓喜の声をあげながら、仁美は少年の肉注射器を自分のなかに差しこんでいく。

勃起を完全に咥《くわ》えると、美人ナースはすぐに妖しく腰をくねらせはじめた。

「あんっ、あんっ、あふう……んんっ、いいっ、気持ちいいのぉ！」

先輩看護婦はたちまち快楽に溺れ、少女の目の前で甘い喘ぎ声をあげながら淫らなダンスを踊りつづけた。

3 最高のお散歩

ある晴れた日、翔太は智佳の付き添いを受けて、車椅子で外に出た。

ようやく左足で立てるようになったとはいえ、まだ松葉杖で歩くのを許されたのは病室内での移動だけで、室外に出るときは車椅子に乗っている。

「う～ん。やっぱり、外はいいなぁ」

と、ジャージ姿の翔太は大きく伸びをした。

着替えができるようになったこともあって、病院の厚意で車椅子のまま学校に行けるようにはなった。だが、車椅子用のワゴン車での送迎なので、外に出ているのは建物から車に移動する間くらいしかない。こうして、公園のような広いところを散策すると、やはり開放感がまったく違う。

暦《こよみ》の上ではすでに冬になっており、朝晩はかなり冷えるようになった。しかし、日差しがあれば、まだ昼間は上に一枚適当なものを羽織るだけで心地いい。

それに、実習服に紺のカーディガンを着た少女に車椅子を押してもらいながら、病院の敷地内にある遊歩道を進むのは、また格別だ。

聖凜総合病院は、患者の精神面のケアも考えて、建物の周辺に緑豊かな広大な公園を整備していた。緑あふれる環境を作って、入院患者にリラックスしてもらおうということらしい。今は紅葉も終わって、全体的にやや物悲しい雰囲気が漂っているが、逆に日差しがよく通って散歩するにはちょうどいい。試験勉強の気分転換にはもってこいの気候、と言ってもいいだろう。

「入院する前は気にしたことなかったけど、こうやって外の空気に触れると、なんだか季節ってヤツを、すごく感じるなぁ」

そんな感想が、少年の口をついて出た。学校以外の時間をほぼ一日中温度の保たれている病院内で過ごしていると、外の空気の変化を身に染みて感じる。

すると、車椅子を押している智佳がクスクスと笑った。

「もう。翔太ったら、なにオジサンみたいなこと言ってるのよ」

「オジサンとはなんだよ。風流をわかっているって、言ってくれ」

翔太が反論すると、看護補助の少女が今度はプッと吹きだした。

「ちょっとぉ。全然、似合ってないわよ。翔太って、風流とか趣《おもむき》とかを語るガラじゃないものね」

「なんだよ。智佳だって、そうじゃんか」

ムッとして言うと、ナース候補生は澄《す》ました顔で、

「あら。あたしは、これでもけっこうロマンチックなのも好きなんだから」

「うわっ。それこそ、絶対に似合わねー」

「なんですってぇ？　なんか文句ある？」

「おう、大ありだっつーの」

キッとにらみ合う、翔太と智佳。

しかし、二人はすぐに申し合わせたように声を出して笑い合った。

一見すると、以前と変わらないケンカをしているようだが、今はお互いのことを理解して軽口を叩いているに過ぎない。

そんな会話を楽しみながら、少年と智佳は「聖凜の池」と名づけられている大きな池にやってきた。池と言っても直径が五百メートル以上もあり、春から秋にかけてはボートを楽しむこともできて、この公園の中心と言ってもいい存在である。また、池には鯉《こい》などの魚が飼われていたり、白鳥やカモが羽根を休めに来たりもする。さらに、休日になると近くに住む家族連れやカップルが多く訪れる、市民の憩いの場だ。

しかし、冬の期間はボートも休みで、まして今は平日の昼間ということもあるのか、人通りがまったくない。

池に沿って作られた遊歩道を進んでいると、智佳がふと車椅子を押す手を休めて船着き場を見た。そこには手こぎボートや、白鳥などの姿を模《も》した足こぎボートがロープにつながれて整然と並んでいる。

「ねぇ？　春になったら、ボートに乗ってみない？」

「ああ、その頃には右足も治っているだろうし、きっと楽しいだろうな」

恋人がいなかった頃、翔太は聖凜の池の近くに来ることがほとんどなかった。たまに通ることはあったが、イチャイチャしているカップルばかりが目について、腹立たしい思いを抱くだけだった。

だが、智佳というカノジョができた今、そんなことは気にならない。むしろ、少女とボートに乗っている姿を脳裏に思い浮かべるだけで、胸がときめいてくるのを抑えられない。

智佳も同じことを考えていたのか、少し恥ずかしそうな顔で少年を見つめる。

翔太が「智佳……」と呼びかけると、ナース候補生が目を潤ませて顔を近づけてきた。そして、二人の唇が、そうすることが当然のように重なった。

少年は、まず彼女の唇をついばむようにして、チュッチュッと音をたてる軽いキスをする。

「んっ、んっ、んあっ……チュッ、んっ、はんっ……」

看護科の少女のほうも、吐息《といき》をもらしながら行為に応じてくれる。

キスをしながら、翔太はナース候補生の腰に手をまわして抱き寄せた。そして、スカートに包まれたヒップに手を這わせる。

「んんっ……んっ、んんんんっ！」

小さく身じろぎをして、苦しげに顔を歪《ゆが》めて悶える智佳。

さらに、ふくよかなヒップラインをさすりつづけると、少女がとうとう顔を振って唇を離した。

「ぷはっ。あん、翔太ったら、どこ触ってんのよ?」

「どこって、お尻だけど」

すっとぼけて言いながら、なおもふっくらしたヒップを優しく撫でまわす。

「やんっ、もう。そういうことじゃ……ああん、ないの……んんんっ、お尻がムズムズ……きゃふっ、翔太のバカぁ」

と、文句を口にしながらも、智佳は軽く身じろぎするだけで少年の手を振り払おうとしない。

そうしているうちに、翔太はこみあげてくる欲望を本気で抑えられなくなってきてしまった。

「智佳、ここでしたい」

耳もとでささやくと、少女の身体が小さく震えた。

「翔太ぁ。こんなところで……恥ずかしいよ」

なにしろ一般にも開放されている公園なので、いくら人通りがないと言っても誰かが来ないとも限らない。おそらく彼女は、淫らな姿を人に見られることを気にしているのだろう。もちろん、翔太としても他人に見られてしまうのは本意ではない
（どこか、あんまり人目につかないところとか、誰かが来たらすぐ隠れられるところってないかな？）

と思いながらあたりを見まわすと、少し先に六角形をした屋根付きの休憩所があった。それほどの高さはないが周囲を囲むような壁もあるので、隠れるようにすれば丸見えになる心配はなさそうだ。

「じゃあさ、あそこでしよう。ほら、早く」

少年が休憩所を指さすと、智佳が「う、うん」と小さくうなずいた。

車椅子を押してもらって休憩所に着くと、翔太は車椅子のブレーキをかけて、少女に支えてもらいながら、壁に沿って設置されている木製のベンチへと移動する。その前には、柱を囲んで円形のテーブルが取りつけられているため、車椅子でなかに入るのは不可能だ。

腰をおろして壁にもたれかかると、ナース候補生が前にやってきて濡れた目で少年のことを見つめた。

「おいで、智佳」

と抱き寄せると、少女は自ら唇を重ねてきた。

「んっんっ、んちゅ、んちゅ、んちゅ……」

いつもの智佳は、基本的に翔太の動きに合わせるだけなのだが、今日は自ら積極的に少年の口内に舌を侵入させてくる。

(智佳が、自分からこんなに……)

内心で驚きながら、翔太も負けじと応じて舌を動かす。

二人は息をするのも忘れて、口の接点からグチュグチュと淫らな音が外にまで聞こえるくらい、激しく舌を絡め合った。

やがて、苦しくなったのか智佳が「ぷはっ」と声をあげて唇を離した。

「はぁ、はぁ……翔太ぁ……」

看護科の少女が、トロンとした目で少年を見つめる。

「智佳、どうしちゃったのさ?」

「もう……翔太にお尻を触られたせいで、身体がうずいてしようがないのよ」

顔を赤くし、ふくれっ面をする智佳。

「ホント、すっかりエッチになっちゃったな」

「誰のせいよ、バカ。でも、あたしがこんなにエッチになるのは、翔太だけなんだから。信じてくれる？」

少女が、少し不安そうな顔をして聞いてきた。

「ああ、もちろん信じるよ。嬉しいよ、智佳。大好きだ」

翔太の言葉に、ナース候補生が瞳を潤ませた。

「……あたしも大好きよ、翔太。だから、あたしをいっぱい愛して」

そう言って、智佳は少年の首に手をまわして、再び唇を重ねてくる。

「んっ、んっ、んっ……んぐ、んぐ、んぐ、んむ、んむ……」

自ら求めることに抵抗がなくなったのか、少女は先ほどよりもいちだんと積極的に舌を絡めてきた。

彼女の行動に感化されて、翔太も負けじと舌を激しく動かした。さらに、白衣の天使候補生のヒップをサスサスと撫でまわしつづける。

舌で淫らなダンスを踊らせながら、少年は手の位置をさげて実習服をたくしあげ、女性の中心に素早く指を這わせた。

すでに淡いピンクのパンティーの奥は熱を帯びていて、うっすらと湿り気も感じられる。

「んんんんっ！　んっ、んんっ、んむぅっ……、んあっ！　ああっ、そこぉ！　痺れちゃうぅ！　あはあん、んあっ、あうぅん！」

快感に我慢できなくなったらしく、智佳が唇を離して激しく喘いだ。首にまわした手に力がこもり、大きなバストが少年に押しつけられる。その胸の感触が、なんとも言えず心地いい。

翔太は、下着の奥に指を滑りこませ、濡れそぼった花びらの内側を責めはじめた。

「んはあぁっ！　そん……いきなり……指が、ああっ、指があそこで動いて……はううっ、感じるぅぅ！」

軽く肉襞をかきまわしただけで、少女は甘い喘ぎ声をもらす。それとともに、蜜の量もたちまち増していく。

翔太は、智佳の身体をベンチに横たえた。右足がギプスで固められていて動きにくかったが、どうにか自力でベンチから降りて地面に片膝をつく。そうして、実習服をめくりあげて少女の下半身をあらわにすると、股間を覆う湿った布を一気に脱がせた。

淡い茂みに覆われた智佳の秘部が、少年の眼前にあらわになる。

「ああ……翔太、やっぱりそうやって見られるの、恥ずかしいよ」

下半身をジッと見つめる翔太に、少女が弱々しい声で訴えてくる。だが、特に抵抗らしい抵抗はしない。

いつもは勝ち気なナース候補生のそんな態度が、かえって少年の興奮をそそる。

「智佳のここ、本当に綺麗だよ。食べちゃいたいくらいだ」

と、翔太は薄い恥毛がこびりついている割れ目に舌を這わせた。

その瞬間、看護補助の少女が「ああっ」と声をあげて身体を震わせる。

少年は、慣らし運転をするように何度か秘裂の唇を舐めまわした。

それから、指でおもむろに貝の口を開けて、シェル・ピンクの媚肉をむく。すると、奥から新たな蜜がトロリと流れだした。まだ充分とは言えないものの、智佳が興奮しているのはこの反応でよくわかる。

(だけど、もっと感じてもらいたいな)

そう考えた翔太は、秘肉に舌を這わせた。

「あううっ！　それぇ……あんっ、舌が……舌が動いて……はうっ、すごいぃぃ！」

ベンチに寝そべったまま、ナース候補生が激しく頭を振って悶える。

翔太は、肉の襞をていねいに舐めて、それから楕円《だえん》の頂点にプックリふくらんできた突起の皮をむいて肉の真珠を露出させた。そして、少女がなにか言う前に、そこを舌先でチロチロと舐めまわす。

「ひゃんっ！　それぇっ！　クリちゃん……くううっ、感じすぎ……あああっ、痺れちゃううううう！」

智佳が全身をガクガク震わせ、いちだんと甲高《かんだか》い悦びの声をあげる。

たちまち、股間から蜜が溢れだし、ベンチにまで淫らなシミを作る。実習服を腹のところまでめくりあげていなかったら、スカート部が愛液にまみれて悲惨なことになっていただろう。

そんな光景と女の芳香に、少年の興奮は我慢できないところまで高まりつつあった。ズボンの奥で勃起した本能が、一刻も早い挿入を望んでムズムズしている。

「智佳、挿《い》れたい」

「あふう……いいよ。早く、翔太のお注射であたしのうずきを治してぇ」

口を離して少年が求めると、智佳はためらう様子も見せずにすぐに応じてくれた。

ギプスをしていなければ、このまま挿入したいところだが、今の状態ではたとえ入れることができても動けそうにはにない。

翔太は、手をついていったん左足で立ちあがると、再びベンチに腰をおろした。それから、ジャージのズボンとパンツをズリさげて下半身をあらわにする。案の定、すでにペニスはいきり立って、先走り汁をにじませていた。

少年が「智佳、おいで」と呼ぶと、傍らに寝そべっていた看護科の少女が身体を起こし、ノロノロと上にまたがってきた。

智佳が、片手でスカートをめくりあげながら、もう片方の手を使って肉棒と股間の位置を合わせる。先が割れ目に触れると、少女が「んっ」と嬉しそうな声をもらした。

ナース候補生は、そのままペタン座りするように腰をおろしてきた。

「ああっ！　翔太のが入って……あはあぁぁぁぁ！」

熱い吐息《といき》をもらしながら、ズブズブと腰を沈みこませる智佳。

少年の膝の上に柔らかなヒップが乗り、性器が一分の隙間もないくらい一つになると、実習服姿の少女がギュッとしがみついてきた。

「はふう……オチン×ンが入って……ああ、お腹がいっぱいになってるよぉ……」

酔っぱらったような顔で、感想をもらす智佳。

「智佳のなか、本当に最高だよ。ずっと、こうしていたい」

「あたしも……こうしていると、とっても幸せなの」

二人は顔を見合わせ、結合したまま唇を重ねた。

そうして、ひとしきり互いの口内を堪能《たんのう》したあと、少女が口を離して潤んだ瞳で翔太を見つめた。

「翔太ぁ、動いてもいい？」

「もちろん。智佳の好きなように動いて」

「ああっ、嬉しい！　んっ、んっ……はううん……」

　少年の許可を得ると、智佳が艶めかしく腰をくねらせはじめた。毎回のように女性上位の体位でしているおかげか、すっかり動きがこなれている。

「ああ、あああんっ……翔太、翔太……んんっ、はっ、ああっ、いいよぉ！」

　快感を貪《むさぼ》り、ナース候補生が激しく喘いだ。その腰の動きが、次第に大きくなっていく。

「あああんっ！　あっ、うっ、ひゃあああんっ！　これ、いいっ！　あうっ、すごく感じて……きゃううううぅぅぅんっ！」

　大きなバストを少年に押しつけた少女が、腰を動かしながらいちだんと大きな声で鳴いた。

「おいおい。そんなに声を出したら、誰かに聞かれちゃうかもしれないぞ」

「ああっ。そ、そうだった……んんっ、でも……でもぉ……あふううう……んうううう……ああ……」

　声を抑えようと、あわてて腰の動きを小さくする智佳。だが、今度は充分な快感を得られなくなって、なんとももどかしそうだ。

ところが、代わりに肉棒への締めつけがきつくなってきた。

「くうっ……ち、智佳、そんなに締めるなよ」

「あんっ、違う……違うのぉ、あふううっ……わたし、ああん、勝手にぃ……」

長い髪を振り乱し、少女が言いわけを試みる。おそらく、動きを無理に抑えたぶん、肉体の内側に反動が来ているのだろう。もっとも、野外でのプレイという背徳感が興奮につながっているのかもしれないが。

ペニスへの刺激が増したことで、翔太ももう己《おのれ》の興奮を抑えることができなかった。

少年は、きつく抱きついている智佳の上体を引きはがし、欲望の赴《おもむ》くままにふくよかなバストに吸いついた。そうして、屹立《きつりつ》した乳首を音をたてて荒々しく吸いあげ、舌でチロチロといじりまわす。

「あっ、もう……んんっ、そんな……あんっ、声が出ちゃ……うううぅんっ……翔太の……あはん、イジワルぅ」

智佳が背を反らし、甘い声で嬌声《きようせい》をあげる。しかし、そう言いながらも彼女の腰の動きはとまらない。

さらに、膣のうねりも大きくなって、竿《さお》への刺激が強まる。こうして突起を刺激すると、身体の内部まで呼応するのがなんとも面白い。

翔太は、柔らかなふくらみに顔を埋めながら、なおも乳首をいじりまわした。

「あううっ！　翔太、もっと……くうううんっ！　もっと、もっとしてぇ！」

よりいっそうの快感を、智佳が求めはじめる。

しかし、そんなことをしているうちに、翔太のほうにも「思いきり動きたい」という欲求が湧きあがっていた。

とはいえ、ここは木のベンチだから、ベッドのように下から突きあげるのが難しい。まして、まだ片足が使えない状態なので、動ける範囲にも限界がある。

「智佳、身体の向きを入れ替えよう」

少し考えた翔太が、乳房から口を離して言うと、

「あんっ……えっ？　どうするの？」

と、少女が首をかしげた。

「智佳がベンチのほうに来て。それで、膝立ちになって座るんだ」

少年の指示に従って、智佳がいったん腰をあげて肉棒を抜くと、ベンチに乗る。しかし、板の奥行きがそれほどないため、膝で立つとややバランスが悪い。

翔太は、少女とお互いを支えるようにしながらどうにか体を入れ替え、ギプスに固められた右足をベンチに乗せた。そして、智佳を抱きしめるようにして身体を密着さ

せる。

再び、制服をたくしあげると、少年はペニスをナース候補生の秘部にあてがった。それだけで、少女の口から「あんっ」と甘い声がこぼれる。

骨折のせいで、翔太は今まで基本的に女性上位で挿入してもらっていた。こうして自ら相手に分身を合わせるのは初めての経験なので、まるで初セックスのときのような緊張感を覚える。

割れ目をしっかり確認すると、少年はゆっくりと智佳の内部へと一物を侵入させた。

「ふあああっ！」

翔太の挿入を、看護科の少女が大きくのけ反って受け入れる。その上体が、座っても外を見られるように低く作られている壁の外側にはみだす。だが、壁に寄りかかったことで、看護補助の少女は一物を受けとめることができるようだ。

奥までしっかり入れて子宮の存在を確認すると、翔太は突きあげるように動きはじめた。

「ああっ、翔太！　す、すごいぃいっ！」

たちまち、悦びの声をあげる智佳。

左足だけを地面についているやや不安定な体勢だが、右足をベンチに置いた対面立

位のようなこの形なら、少年はどうにか腰を自由に動かすことができる。

初めて腰が自由になった興奮もあって、翔太はナース候補生の内部を荒々しく突きあげた。

「あんっ、あんっ、あんっ！　翔太、好き、はうっ、好き！　ああっ、いいっ、それ、いいのぉ！　あはあぁぁぁんっ!!」

誰かに見られる不安など忘れてしまったのか、奥を突くたびに智佳が激しく喘ぐ。

翔太のほうも、すでに快感を貪《むさぼ》ることに夢中で、「見られてもかまわない」くらいの開き直った心境になっていた。

少女の喘ぎ声を聞きながらズンズンと奥を突きあげていると、やがて膣道が射精をうながすように収縮しながら、肉棒にきつく絡みついてきた。

それとともに、少年の腰にも切羽つまった熱い感覚がこみあげてくる。

「くうっ……智佳、そろそろ行くよ」

「あたしも、もう……翔太、一緒に、一緒にぃ！」

ナース候補生の少女の求めに応えるため、翔太はストロークを小刻みなものに切り替え、子宮口をノックするように奥を何度も何度も突いた。

「あっ、あっ、当たって……奥で当たってるの……ああっ、わかるぅ！　あたし、もう……はああっ！」

智佳の声のトーンが、一オクターブ跳ねあがる。そして、次の瞬間。

「んくううぅぅぅぅぅっ!!」

少女が大きく身体を反らして、エクスタシーに達した。しかし、さすがに恥ずかしいのか、口に手をやって絶頂の悲鳴をあげるのだけはどうにか抑える。

同時に膣がきつく締まり、それが少年の限界を突き破った。

翔太は「くうっ」と声をもらすと、少女のなかに大量の白濁液を注ぎこんだ。

「ああ……出てるぅ……翔太のセーエキで、あたしのなかがいっぱいぃぃぃ……」

惚《ほう》けた表情でつぶやきながら、智佳が精をしっかりと受けとめる。

スペルマの放出が終わって、翔太はナース候補生の身体をしっかり抱きしめた。

「智佳、好きだよ」

「あたしも……翔太が好き。大好きよ」

絶頂の余韻《よいん》に浸った顔のまま、智佳も少年の体に手をまわしてくる。

最愛の少女のぬくもりに包まれて、翔太はなんとも言えない幸せな気持ちにいつまでも酔いしれていた。

手術…病弱ないもうと・勇気が欲しいの

1 暗転

翔太のリハビリは、順調に進んでいた。

放課後、学校から戻るとさっそく歩行訓練の時間がはじまる。リハビリ室で、智佳とリハビリ専門の男性医師が見守るなか、ジャージ姿の少年が定められた距離を松葉杖をついて歩く。ゴールに到着して椅子に腰かけると、医師が左足を入念にチェックしながら口を開いた。

「羽澄くん、足の具合はどうだい？」

「痛みは、まったくないです」

「ふむ。足首に腫《は》れもないし、今のところ捻挫《ねんざ》の回復は順調そうだね」

テーピングも取れているので、翔太としては全快宣言をしたかったのだが、医師はなかなか首を縦に振ってくれない。もちろん、捻挫を悪化させてしまう危険性を考えれば、遠まわりに見えるこの慎重さが結果として退院の近道だ、とわかっている。ただ、いつも今ひとつ物足りないところで終わってしまうのが不満だ。

「ちょうどいい時間だし、今日のリハビリはここまでにしておこう。水原さん、病室に戻ったら彼の左足のマッサージをよろしく」

と智佳に言って、医師は忙しそうにリハビリ室から出ていった。リハビリの専門医は、日本でも有数の規模を誇る聖凜総合病院でも人数がけっして多くない。おそらく、次の予定がつまっているのだろう。

車椅子に座った翔太は、ナース候補生に押してもらいながらリハビリ室を出た。

そうしてエレベーターに乗ろうとしたとき、仁美が珍しくあわてて走ってきた。

「智佳ちゃん、大変よ！　真維ちゃんが、また発作《ほっさ》を起こして学校で倒れたの！」

「えっ⁉　そ、それで、真維は？」

と、動転した様子を見せる智佳。

「もう、病室に運ばれたわ。お母さんには、わたしのほうで連絡しておいたから、早く行ってあげて」

先輩看護婦の言葉で、少女がホッとため息をもらす。

「それじゃあ……えっと……」

智佳は、車椅子の少年と仁美を交互に見た。どうやら、翔太をどうしようか迷っているらしい。

「智佳、俺も行くよ。俺も真維ちゃんが心配なんだ」

「あっ、そうね。あの子も、翔太の顔を見たら少しは元気になるかも」

こうして、翔太はナース候補生と仁美と三人で小児科の病室に向かった。

室内に入ると、真維は主治医の男性医師と顔なじみの長期入院中の子供たちに付き添われてベッドに寝ていた。口に酸素マスクをつけ、顔面は血の気がなく真っ白で、唇もチアノーゼを起こして紫色になっている。右腕には点滴《てんてき》を打たれており、なんとも苦しそうなその姿は、見るからに痛々しい。

しかし、すでに意識は回復していて、ツインテールの少女は翔太たち三人がやってくるのを見ていた。

「お姉ちゃん……お兄ちゃんも……来て……くれたんだ」

酸素マスクをしたまま、口を開く真維。

「真維、大丈夫なの？」

「平気かい、真維ちゃん？」

傍《かたわ》らにやってきた二人がほぼ同時に聞くと、少女が弱々しく微笑んだ。

「うん……今日の発作《ほっさ》は、そんなに……はぁ、はぁ……ひどくなかったの……心配かけて、ゴメンね」

か弱い返事だったが、それでも智佳がホッと安堵《あんど》のため息をつく。さすがに慣れているだけあって、しゃべれるのなら心配ないと思ったらしい。

そもそも、ＩＣＵ（集中治療室）に運びこまれなかったのだから、発作がひどくなかったという真維の言葉にウソはないはずだ。

しかし、翔太は心臓病の少女のこんな姿を見るのは初めてだった。その目には、彼女の命の火が今にも消えかけているように見えてしまう。

「真維ちゃん。もう何度も言っているが、そろそろ手術を受けたらどうだい？　そうすれば、今みたいに発作が起こる不安もなくなるんだよ」

と、男性医師が真維に声をかける。だが、心臓病の少女は酸素マスクをつけた顔を小さく横に振った。

「いや……真維、手術なんて……したく……ないもん」

医師がため息をついて、智佳のほうを見る。だが、ナース候補生の少女も諦め顔で頭を振った。

すでに翔太も聞かされていたことだが、病弱な少女は手術を受けるように何度説得されても、けっして応じようとしない。

(そりゃ、心臓の手術だから怖いってのもわかるけど……この繰りかえしじゃあ、智佳もお母さんも大変だろうな)

すると、真維が「お兄ちゃん……」と弱々しく左手を少年に差しだしてきた。

なにを求めているか悟《さと》って、翔太はその手をギュッと握りしめる。

「真維ちゃん、早く元気になりなよ。今度は、俺が見舞いに来てあげるから」

「うん……嬉しい、お兄ちゃん……」

はかなげな笑みを浮かべる真維。血の気がなく真っ白だった頬に、ほんの少しだけ赤みが戻る。

そんな妹と少年のことを、智佳が少し複雑そうな表情を浮かべて見つめていた。

2 自分にできること

学校から戻って、翔太はいつものようにリハビリ室でのトレーニングを行なった。

リハビリを終えて部屋を出ると、付き添っていた智佳が口を開いた。

「翔太、今日は別の仕事があるから、あたしはあとで真維のところに行くわ」

「ああ。それまで、俺が真維ちゃんの相手をしているよ」

「ありがとう。よろしくね」

そう言って、少女は翔太に背を向けて足早に去っていく。

看護補助のアルバイトをはじめてから、智佳はいろいろな雑務をこなして忙しそうだった。最近は、病室でのテスト勉強の時間すら確保が難しいくらいだ。

（実習じゃなくて仕事として働いているんだから、仕方がないけど。ただ、真維ちゃんのこともあって、このところ二人きりの時間がほとんどないんだよなぁ）

などと思いながら、翔太は車椅子のハンドリムを操作して真維が入院している病室に向かう。

「あっ。お兄ちゃん、いらっしゃい」

病室に入ると、パジャマ姿の真維がはち切れんばかりの笑顔で迎えてくれた。すでに顔色もすっかりよくなって、一見すると入院前の状態に戻ったようにも見える。ただ、一度発作《ほっさ》が出ると連続して起こる危険性が高いので、経過を見るためしばらく入院することになっているらしい。

少女の枕もとには、お気に入りの子熊のぬいぐるみが置かれていた。おそらく、智佳か母親が家から持ってきたのだろう。

また、室内の他のベッドは空いていて、今は彼女しかいない。初等部は授業の時間で、中等部の少女だけが取り残されているようだ。

「真維ちゃん。今日は顔色もいいし、ずいぶんよくなったみたいだね?」

「そう?　それよりお兄ちゃん、早くこっち来て」

上体を起こした真維が、ベッドの傍《かたわ》らをポンポンと叩く。

車椅子を操作して近づくと、少女が「んっ」と片手を差しだした。

「ふう、しようがないなぁ」

と言いながら優しく手を握ると、真維が嬉しそうに微笑んだ。

「えへへ……やっぱり、お兄ちゃんの手って、あったかくて気持ちいい」

再入院してからというもの、ツインテールの少女は翔太が来るたびにこうして手をつなぐことを求めるようになった。少年としては少々照れくさいのだが、真維を少しでも元気づけられるのなら、これくらいどうということもない。

手をつないだまま、しばらく他愛のない雑談をつづけていると、真維が訝《いぶか》しげに首をかしげた。

「ところで、お兄ちゃん？　まだ、車椅子のままなの？」

「うん。松葉杖で長距離を歩くのを、先生がなかなか許してくれなくて。でも、あと何日か様子を見たらって言われたよ」

「そう……それじゃあ、もうすぐ退院しちゃうんだね？」

少女が、飼い主と離ればなれになった子犬のような、なんとも寂しそうな顔をする。

「えっと……うん、でも大丈夫。退院しても、真維ちゃんのお見舞いにはちゃんと来てあげるよ」

と、少年が言うと、真維はすぐに笑顔を見せた。

「本当に？　だったら、ずっと入院していたいなぁ」

「ダメだよ。智佳もお母さんも心配しているんだし、早く元気にならなきゃ」

すると、心臓病の少女が眉間《みけん》にしわを寄せてふくれっ面になった。どうも、彼女は前よりも感情の起伏が激しくなった気がする。

「ぶー。お兄ちゃん、やっぱり……」

だが、真維がさらに言葉をつづけようとしたとき。

「ゴメン。ちょっと、遅くなっちゃった」

と、実習服姿の智佳が病室にやってきた。よほど急いで来たのだろう、「ハァ、ハア」と肩で息をしている。

「おう、智佳。真維ちゃんのことを気にしすぎて、仕事の失敗はしなかったか？」

「失礼ね。ちゃんと、やってるわよ」

と言いながら、ナース候補生が近づいてくる。

「あら。真維、また翔太に手をつないでもらってるの？」

今さら気づいたのか、智佳がそう言って少し不機嫌そうな顔をした。

「お姉ちゃん、プリンが食べたい。売店で、プリン買ってきて」

いきなり、ツインテールの少女が姉に向かってねだった。

病院の地下にある売店には、確かにプリンが売っている。だが、妹の唐突《とうとつ》な要求に看護科の少女は戸惑いを隠せない。

「どうしたの、真維？　そんなもの……」

「プリンがいいの！　プリン、プリン、プリン食べたい〜！」

姉の疑問を遮《さえぎ》り、まるで小さな子供のように駄々《だだ》をこねる真維。

「よし、じゃあ俺が……」

見かねた翔太が動こうとすると、心臓病の少女が手をギュッと握った。

「ダメぇ！　お兄ちゃんは、真維といて！　お姉ちゃんが、プリン買ってくるの！」

と、真維はまるで追い払おうとするかのように、ナース候補生をにらむ。

「はぁ、しようがないわねぇ」

呆《あき》れたように大きなため息をつきながら、智佳がきびすをかえそうとする。

と、そこに仁美が他の子供を連れてやってきた。

「真維ちゃん、次の次に検査の番なんだから、食べ物は禁止よ」

美人ナースに諭《さと》されて、心臓病の少女が「ちぇっ。ぶー」とフグのように大きく頬をふくらませてそっぽを向く。

結局、翔太と智佳はそのまま少年の病室に戻ることになった。その間、ナース候補生は暗い顔をして一言も話そうとしなかった。

部屋に入ってベッドに腰かけると、智佳がワケがわからないという様子で、頭を振りながら口を開いた。

「翔太、ゴメンね。真維って、ずっと甘やかされてきたから、ちょっと子供っぽいところがあって……でも、あんなワガママを言う子じゃなかったのよ。ホント、今回はどうしちゃったんだか……」

「智佳、ちょっと座りなよ」

そう呼びかけると、ナース候補生は素直に翔太の隣りに腰をおろす。肩を優しく抱くと、疲れきった表情の智佳が身体を預けてきた。

「大丈夫。きっと、真維ちゃんにもいろいろあるんだろう。そんなに心配するなよ」

「うん。なら、いいんだけど……」

少女の顔からは、なお不安げな様子が消えない。

(俺には、真維ちゃんの病気を治したりはできない。だけど、智佳が俺にしてくれたみたいに、力づけてあげることはできるんじゃないか?)

だが、そう考えたとき、改めて自分がなにもできない無力な人間だということをしみじみと思い知る。

(今の俺が真維ちゃんにしてあげられることって、いったいなんなんだろう? 俺に、なにができるんだろう?)

そんなことを思いながら、翔太は少女の肩を抱く手に力をこめた。

3 いなくなった少女

翔太は結局、期末テストを車椅子のまま受けることになった。しかし、ひとまず赤点は取らずにすみそうな手応えは感じている。勉強の遅れを最小限にできたのは、ひとえに智佳のおかげと言ってもいいだろう。

それから少し経って、少年はようやく二本の松葉杖を使った左足での歩行を許可された。これで、ようやく車椅子生活も終わりを告げる。

リハビリも、右足のギプスが取れるまでしばらく休みになる。もっとも、その頃にはとっくに退院しているだろうが。

智佳が他の仕事に行っているため、翔太は左足の最後のリハビリを終えると、一人で小児科の病室に向かった。

病室に入って「真維ちゃん」と声をかけると、背もたれを起こして雑誌を読んでいた少女が顔をあげた。

「あっ、お兄ちゃん……もしかして、松葉杖で歩いてきたの？」

と、真維が目を丸くする。

「うん。やっと、先生の許可が出たんだ」

「それじゃあ、もうすぐ本当に退院しちゃうんだね？」

「え〜っと、ウチの親の都合もあるから、今度の週末くらいかな？　学校も休みになるし、父さんと母さんも年末年始は家にいるって言うから、その間に松葉杖で家のなかを動きまわれるようになるつもりなんだ」

「そういえば、お兄ちゃんってお父さんもお母さんもいるんだよね。いいなぁ。ちょっと、羨ましい」

ツインテールの少女が、少し寂しそうに言う。

翔太は、姉妹に父親がいないことを思いだした。

父親を事故で亡くして以来、水原家では母親が一人で生活を支えて懸命に働いている。そのため、面会時間との兼ね合いもあって娘の見舞いにもあまり顔を出せないのだ。もっとも、今は智佳が病院でアルバイトをしていることもあって、安心して世話を任せているようだが。それでも、実際の年齢より見た目も精神年齢も幼い少女が寂しい思いをしているのは、容易に想像できる。

「真維、ジュースが飲みたくなっちゃった。お兄ちゃん、喫茶室に行こうよ」

そう言って、気丈に笑顔を見せたツインテールの少女がベッドから降りた。

「寝てなくて、大丈夫かい？」

「うん。今回は、そんなにひどい発作《ほっさ》じゃないって言ったでしょう？　もう、ちょっとくらい出歩いても平気だもん」

翔太は方向転換すると、カーディガンを羽織った真維と肩を並べて歩きはじめた。

「あ～あ。もう、お兄ちゃんの車椅子を押してあげることもないんだね。今は手もつなげないし、ちょっとつまんないなぁ」

と、真維が所在なさげに手をブラブラさせる。彼女の言う通り、両手で松葉杖を持っているから、歩きながら手をつないだり腕を組んだりすることは危なくてできない。また、以前の真維はどこに行くにも子熊のぬいぐるみを離さなかったが、今は枕もとに置いたままで、あまり持ち歩くことがなかった。そのぶん、手が寂しいのだろう。

二人はエレベーターに乗り、一つ下の階にある喫茶室へと向かった。そこは、自動販売機が何台か設置され、四人がけの丸テーブルが十脚ほど置かれていて、ちょっとした休憩所のようになっていた。今も、パジャマ姿や病院の寝間着姿の人や私服の人たちなどが、いくつかの席に座って談笑している。

喫茶室に入ると、真維が紙パックのオレンジジュースを買った。翔太は両手が杖でふさがっているので、買ったペットボトルのスポーツドリンクを少女に持ってもらう。

真維と向かい合って座ると、少年はフタを開けてドリンクをラッパ飲みで喉にグビグビと流しこんだ。

リハビリと松葉杖歩行で疲れた体に、水分がじんわりと染み渡っていく。

「ぷはぁ。生きかえるなぁ」

少年がペットボトルから口を離すと、真維が不思議そうな顔をして口を開いた。

「お兄ちゃん？　それ、おいしいの？」

「ああ。これ、俺がサッカーをやってた頃からのお気に入りで、今でも疲れたときなんかによく飲むんだ」

「ふ〜ん、そうなんだ。ねぇ、隣りに座ってもいい？」

「えっ？　別にいいけど……」

翔太は、「隣り同士じゃ話しにくいよ」と言葉をつづけようとする。しかし、少女がそれより早く「やったぁ！」と飛ぶようにして席を移動し、腕にギュッとしがみついてきた。

「ちょっ、ちょっと、真維ちゃん？」

「えへへへ……お兄ちゃ〜ん、こうしていたいの。いいでしょ？」

屈託《くったく》のない笑顔を向けてくる真維。

こうも無邪気にベッタリ甘えられると、さすがに翔太もなにも言えなくなってうなずくしかない。

「ねぇ？　お兄ちゃん、真維のこと好き？」

いきなり聞かれて、少年の心臓がドキンと跳ねた。

「まぁ……嫌いだったら、こんなふうに会いに来たりしないよ」

「ぶー。はっきりしない言い方だぁ。そうじゃなくてね……」

少しむくれながら、少女が言葉をつづけようとしたとき、実習服姿の智佳が駆け足で喫茶室にやってきた。

「あっ、いたいた。もう、真維も翔太も探しちゃったじゃないの」

文句を言いながら、看護補助の少女が二人のところに近づいてくる。

「あれ？　智佳、仕事は？」

「休憩時間よ。それより、真維ったらなにやってんのよ。そろそろ、診察の時間でしょう？　早く病室に戻りなさい」

だが、姉の言葉にツインテールの少女は不機嫌そうに唇をとがらせて、プイッとそっぽを向いた。

「ヤダもん！　真維、ここでお兄ちゃんとお話ししてたいの！」

妹の反応に、表情を曇《くも》らせる智佳。

「真維、本当に、どうしちゃったの？　前は、そんなワガママを言ったことなかったのに……」

「いいの！　真維は、お兄ちゃんと一緒にいたいんだもん！　ねえ、お兄ちゃん、いいよね？　真維といてくれるよね？」

真維が、すがるように少年を見つめる。

なんとも言えなくなって、翔太は「いや、それは……」と言葉を濁してしまった。

彼女の甘えを許したい気持ちもあるが、診察を勝手にキャンセルするというのは褒《ほ》められたことではない。

「ヤダ、ヤダ！　お兄ちゃんと一緒にいるの！　真維、お兄ちゃんとここでお話してる！　ねっ、ねっ、いいよねっ？」

と、少女が翔太の腕に、いちだんときつくしがみつく。

「真維……翔太が困っているでしょう？　ワガママを言わないで、お姉ちゃんと病室に戻りましょうよ」

小さな子供を諭《さと》すように、優しく語りかける智佳。

だが、真維は少年の腕に抱きついたまま、「ヤダ、ヤダ！」と駄々をこねてプルプルと首を横に振りつづける。

翔太はどうしようもなく、姉妹の顔を交互に見るしかない。

すると、穏やかだった智佳の顔が、見るみる険しくなった。

「真維！　いい加減にしなさい!!」

姉の怒鳴り声に、真維が驚いて顔をあげる。

と、その頬に少女の平手打ちが綺麗にヒットし、パシーン！　という澄《す》んだ音が、喫茶室全体に響き渡った。

真維は、なにが起きたか理解できなかったように、目を見開いて呆然としていた。おそらく、姉にひっぱたかれたこと自体、初めての経験なのだろう。

「なんで、そんな聞き分けがないの!?　あなたのワガママのせいで、翔太も困っているじゃない!!」

ここが喫茶室で、まわりに人がいることも忘れたように、ナース候補生が大声で妹をしかりつける。

心臓病の少女に対して、怒りの感情をあらわにした智佳の姿を見るのは、翔太も初めてのことだった。もちろん、少年にはよく怒った顔を見せていたが、これほど感情的になったのは珍しい。

あまりの剣幕に、周囲の人々も呆気《あっけ》にとられてこちらを見ている。

すると、茫然自失《ぼうぜんじしつ》となっていたツインテールの少女の目が、見るみる涙で潤んだ。

「やっぱり……やっぱり、そうなんだ……お姉ちゃん、お兄ちゃんのことが好きなんでしょ？」

「なっ……いきなり、なに言いだすの？　それとこれとは……」

妹の思いがけない反撃に、怒りの表情を見せていた智佳が戸惑いの色を浮かべる。

「関係あるもん！　真維だって、お兄ちゃんのこと好きなのに……お姉ちゃんばっかり、ズルイよ。お兄ちゃんと知り合ってから、すごく楽しそうで、いっつもお兄ちゃんと一緒にいて……」

涙目で、姉をにらみつける真維。

「真維、あなた……」

妹に真正面から本心をぶつけられて、智佳が言葉を失う。

「ううっ。お姉ちゃんなんか……お姉ちゃんなんか、大っっっ嫌い!!」

心臓病の少女は、翔太を突き飛ばすような勢いで立ちあがると、姉の傍《かたわ》らを通り過ぎて喫茶室を飛びだしていった。

「真維……」

うつ向いた智佳が、妹を叩いた手を胸もとでギュッと握りしめた。苦渋《くじゅう》に満ちた表情が、彼女の心の痛みを物語っているように思える。おそらく、つい感情的になって真維をひっぱたいてしまったことを、激しく後悔しているに違いない。

「真維ちゃん……智佳……」

翔太も、目の前の少女にかける言葉が見つからず、どうしていいかわからなかった。

　再入院してきてからの真維の行動があまりにワガママすぎて、正直なところ辟易《へきえき》していたのは間違いない。とはいえ、今の智佳の行動が正しいのかどうかは、かなり微妙な気がする。

「翔太……あたし……叩いちゃった、真維を……どうしよう？　真維、あたしのこと嫌いだって……あたし、あんなことするつもりじゃ……」

　智佳が、肩を震わせながら目から涙を溢れさせて、すすり泣きはじめた。

「……と、とにかく、いったんここを出よう」

　周囲の視線に気づいて、翔太はそそくさと松葉杖を手にして立ちあがった。

「とりあえず、真維ちゃんの病室に行ってみようぜ。診察の時間なら、おそらく戻っているだろうし」

　歩きながら声をかけると、ナース候補生の少女は流れつづける涙を手で拭《ぬぐ》い、うつ向いたまま小さくうなずいた。しかし、妹とどんな顔をして会えばいいかわからないのか、その足取りはひどく重い。

　そうして、エレベーターで上の階に戻ると、ちょうどこちらに向かって駆けてくる仁美と遭遇した。

「あら、翔太くんと智佳ちゃんじゃないの。ん？　どうしたの、智佳ちゃん？」

「え……あっ……な、なんでもないです。ちょっと……」

と、ナース候補生があわててまた涙を拭《ぬぐ》う。

「ところで、二人とも真維ちゃんと一緒じゃなかったの？」

「さっきまで、俺たちと一緒にいたんですけど……病室に戻ってないんですか？」

「そうなのよ。先生も、もう待っているのに」

美人看護婦の言葉を聞いて、少年の脳裏にふと不安がよぎった。

「智佳。まさかとは思うけど、真維ちゃんは病院を出ていったんじゃ？」

その言葉に、智佳が「そんな……」と顔面蒼白《そうはく》になって絶句した。心臓病の発作《はっさ》で入院した妹が勝手に病院を抜けだした場合、どんなことが起こりうるのか。ずっと面倒を見てきた少女には、容易に想像できるのだろう。

「どういうこと？　いったい、なにがあったの？」

ナースに質問されて、翔太はかいつまんで事情を説明した。

「……そういうことだったの。それじゃあ、わたしは他のナースにも連絡を取って、病院内を探してもらうわね」

「あの、あたしは外を探してみます」

少し落ち着きを取り戻した少女が、先輩ナースに申し出る。

「あっ、俺も一緒に行くよ」

「翔太くんは、危ないわ。今日は、このあと大雪になるかもしれないって、天気予報で言っていたのよ」

と、美人看護婦が少年を制止しようとする。

「だったら、なおさら真維ちゃんを探《さが》さないと。大丈夫、すぐ戻ってきますから」

翔太が仁美を見据えて言うと、彼女のほうも決意を察してくれたのか、小さくうなずいた。

「じゃあ、あとでわたしも行くけど、くれぐれも無理はしないでね」

ナースに見送られ、翔太は看護科の少女とともに改めてエレベーターに乗りこみ、一階へのボタンを押した。

4 雪のなかの探索

外に出ると、空はどんよりとした鉛色《なまり》の雲に覆われていた。風もかなり冷たくなっていて、ジャージ姿でも肌寒さを感じる。まだ日暮れには早いはずだが、厚い雲のせいですでに日没直前のように薄暗い。

「時間がないから、二手に分かれよう。俺は聖凜の池のほうを探すから、智佳は学校に行く道を探してみてくれ」

「わかったわ。翔太、気をつけて。真維が見つかったら、すぐ帰ってきてね」

走りだす智佳の後ろ姿を見送ってから、少年も松葉杖をついて歩きだした。

「真維ちゃーん！　どこにいるんだい？」

と声をかけ、あたりを見まわしながら遊歩道をゆっくり進んでいく。だが、ツインテールの少女の姿はどこにもない。

間もなく、空から小雪が舞い落ちてきた。

「うわぁ……マズイぞ、これは」

いったん立ちどまり、改めて自分の格好を見た翔太は、焦りを覚えずにはいられなかった。

服装はもちろんだが、なにしろ今は松葉杖の不安定な歩行しかできない。おまけに、左足に履いているのは、学校の上履きのような靴だ。廊下で滑らない工夫はされているものの、雪のなかでの行動はまったく想定されていないだろう。

このままでは、道をまともに歩けなくなるかもしれない。いや、ヘタをすると転倒して、せっかく退院間近まで回復した足をまた負傷してしまう危険すらある。

（いったん、戻ろうか？　でも、もしもこっちに真維ちゃんがいたら……そうだ、ケータイで……）

無意識に考えて、ズボンのポケットをまさぐった少年は、そこになんの存在感もないことに気がついた。

「どうせ使えないからって、病室に置いてきたんだっけ。まさか、こんなことになるなんて、思ってなかったからなぁ」

聖凜総合病院の場合、携帯電話は個室でのメールに限って使用を許されている。しかし、それ以外の場所ではほとんど使えないので、いちいち持ち歩くのはバカらしい、といつも病室に置きっぱなしにしていた。まして、今回はリハビリのあとに真維の見舞いをするだけのつもりだったから、電話を持ち歩く必要性など微塵《みじん》も感じていなかったのだ。

（仕方がない。もうちょっとで聖凜の池に着くから、目に入る範囲でザッと探して、真維ちゃんがいなかったら病院に戻ろう）

いるとは限らないが、もしもいたら、心臓の弱い少女をなんとしても連れ戻さなくてはならない。

そう思いながら歩いているうちに、雪が次第に強くなって、吹雪《ふぶき》のようになってきた。少年の周囲の地面や木々が、見るみる雪化粧《ゆきげしょう》をして白くなっていく。

翔太は、雪に足を取られないように気をつけながら慎重に進んで、ようやく聖凜の池に到着した。

さすがにこの天気では、もう人影も見当たらず、外灯の明かりだけがあたりをもの悲しく照らしている。

「おーい、真維ちゃん？　いたら、返事をしてくれ！」

呼びかけてみたものの、どこからも答えはかえってこない。

（やっぱり、ここにはいないのかな？）

半ば諦めながら、雪で見えにくくなった周囲を今一度見まわす。すると、遠くのベンチにパジャマにカーディガンを羽織った少女が、ポツンと座っているのが見えた。

真維は、心をどこかに置いてきてしまったかのように、ボーッとした表情で池を眺めたまま身じろぎ一つしなかった。雪が肩や頭に積もっているのに、それを払おうともしない。

「真維ちゃん、こんなところにいたんだ」

近づいた翔太が声をかけると、ツインテールの少女がハッとして見あげた。

「お兄ちゃ……」

息を呑んだ真維が、勢いよく立ちあがる。そして、少年と反対の方向に逃げようとした。

翔太は、思わず「待った！」と、松葉杖を離して左手で彼女の手首をつかむ。だが、ただでさえ不安定な一本足歩行なのに、真維に引っ張られるような形になってしまい、バランスを保つことができない。

少女の「えっ？」という素っ頓狂《すっとんきょう》な声を聞きながら、少年はドスンッとうつ伏せに倒れてしまった。

（イテテ……って、そうでもないな。なんか、クッションみたいに柔らかいものが下にあったおかげで……）

などと思いながら顔をあげると、少年の下にあお向けになった真維がいた。翔太に押し倒されるような格好になった少女は、目を丸くしてこちらを見つめている。

「ご、ゴメン！」

急いでどこうとしたが、右足がうまく使えないので一人では立つのは難しい。

「あわわ……お、お兄ちゃん、大丈夫？」

頬をほのかに赤くしながら、真維が泡を食って立ちあがって少年を手伝う。

「俺は平気だよ。それより、真維ちゃんこそ大丈夫だった？」

松葉杖をついて立った翔太の問いかけに、少女が表情を曇《くも》らせる。

「うん……でも……」

「まぁ、無事ならいいや。とにかく、話はあとだ。天気がこんな状態だし、早く病院に帰らないと」

しかし、歩こうにも雪の勢いは次第に強まって、数メートル先を見るのも難しくなっていた。すでに地面のアスファルトが見えないくらい、一面が白銀の世界に染まっている。

(それに、よく見ると真維ちゃんも顔色が悪いし……)

身体が冷えたせいか、あるいはさっき翔太が上に倒れた衝撃のせいか、一時的に紅潮した少女の顔色も、雪景色に負けないくらい真っ白になっていた。小さな唇も、どこか紫がかって見える。

ここから病院までは、健常者《けんじょうしゃ》なら徒歩で十分程度といった距離なので、それほど遠くはない。だが、心臓に病気を抱えた少女と、松葉杖でしか歩けない少年では、いったいどれくらいの時間がかかるか見当がつかない。まして、この天気のなかでの移動となると、「命がけ」というのもけっしてオーバーな表現ではないだろう。

(かと言って、このままじゃ凍えちゃうからな。どこか、近くで雪をしのげる場所があれば……そうだ、ボート小屋なら！）

翔太は雪で滑らないように注意しながら、真維を連れて慎重に移動し、湖畔《こはん》にあるプレハブ小屋の入り口にやってきた。

だが、当然のごとくドアには鍵がかかっている。

翔太は心臓病の少女を入り口前に残し、周囲の窓を一つ一つ調べてみた。だが、やはりどこもしっかり施錠されている。

（なかに入れないとしたら、こんなところにいても仕方がないな。屋根があるから雪はしのげても、この寒さをどうにかしないと話にならないぞ。危ないけど、思いきって病院に戻ろうか？）

少年がそう考えたとき、「お兄ちゃん」と呼ぶ真維の声がした。

急いで戻ってみると、少女が入り口のドアを開けて待っていた。

「真維ちゃん、どうやって開けたんだい⁉　さっきは、確かに鍵がかかっていたのに」

「あのね、その下に鍵が隠してあったの」

と、真維が小屋の入り口のすぐ脇にある観葉植物の植木鉢を指さす。

植木鉢の下などという定番中の定番のところに隠すなど、鍵の管理の仕方としてどうかという気もしたものの、逆に盲点だったことも間違いない。それに、おかげで助かったのも事実だ。

なかに入った二人は、体についた雪を払い落とした。

プレハブ小屋なので冷気が壁を伝って入ってくるが、それでも雪と風がしのげるだけでかなりの違いがある。

「雪でよかったね、真維ちゃん。雨だったら、もうびしょ濡れになっていたよ」

すると、少女が身体を震わせながら小さくうなずく。

翔太は、ドアの上にあるブレーカーをあげて、小屋の明かりをつけた。それから、なかを歩きまわって、電気ストーブと毛布を見つけだす。

ボート小屋には、池に落ちた人のために電気ストーブと毛布が常備されている。夏場はともかく、春や秋は水が冷たいのでこうした備えも必要なのだ。

(ずいぶん前に、そんな話を聞いたことがあったんだけど、覚えていてよかったぜ)

と思いながらストーブのスイッチを入れると、暖かな熱が一気にひろがる。

「真維ちゃん、こっちにおいで。暖かいよ」

声をかけると、少女がストーブの前にやってきてホッとした顔を見せた。少年が毛布を渡すと、真維はそれを肩にかけて座りこむ。

「とりあえず、これで凍《こご》えることはないな。あとは……」

あたりを見まわした翔太は、事務机の上にある電話機に近づいた。見てみると、壁にはいろいろな連絡先が書いてあり、なかには聖凜総合病院の電話番号もある。

「ラッキー。これで、助けを呼べるぜ」

と、少年は受話器を取った。だが、なぜかツーという発信音が聞こえない。

とりあえずボタンを押してみたものの、やはりつながらない。

「仕方がない。とりあえず明かりをつけているし、誰かが探しに来てくれたら気づくだろう」

電話を諦めた翔太は、ストーブの前に行って、心臓病の少女と肩を並べて座った。

悲しげにうつ向いた真維の顔には、ほんの少しだけ赤みが戻ってきていた。とはいえ、まだ顔面蒼白と言ってもいい状態のままだ。

(真維ちゃんの病気のことは詳しく知らないけど、走って病院を飛びだしたうえに、この寒さだから、心臓にかなり負担がかかっているんじゃないか?)

そんな不安が、翔太の脳裏をよぎる。

もしも、ここで発作《はっさ》を起こされたら、なんの知識もない少年にはどうしようもない。

「真維ちゃん、大丈夫？　心臓、苦しくない？」

心配になって聞くと、少女が弱々しい笑顔を見せた。

「うん、平気だよ……それより、ゴメンね、真維のせいで」

「いいよ、別に。でも、帰ったら智佳や仁美さんたちに、ちゃんと謝りなよ。みんな、心配していたんだからね」

少年の口から姉の名前が出た瞬間、真維の顔があからさまに強《こわ》ばった。

「ねぇ？　お兄ちゃんは、お姉ちゃんと……付き合ってるの？」

ためらいがちな少女の質問に、翔太はなんと答えるべきか迷った。

（でも、もうごまかしても仕方がない。はっきりさせたほうが、おそらく真維ちゃんのためだろう）

そう判断した少年は、真維をまっすぐ見つめて「うん」と大きくうなずく。

「やっぱり……そうだったんだ」

それだけ言って、ツインテールの少女が悲しそうに黙りこんだ。

「真維ちゃん……あのさ、さっき『お姉ちゃんなんて大嫌い』って言ってたけど、あれはウソだよね？」

と翔太が聞くと、今度は真維が小さく首を縦に振った。

「真維ね、お姉ちゃんに叩かれたの、初めてだったの。だから、すごくビックリして、頭が真っ白になってあんなことを……お姉ちゃん、ワガママな真維のこと、嫌いになっちゃったのかな？」

「そんなこと、あるわけがないじゃん。あのあと、智佳はすごく後悔していた。それに、キミを心配して、真っ先に探しに出かけようとしたんだよ」

少年の言葉に、心臓病の少女が目を潤ませる。

「お姉ちゃん……真維、本当はお姉ちゃんが羨ましかったの。だって、お兄ちゃんと付き合って……エッチ……してたし」

意外な告白に、翔太は目を丸くした。

「真維ちゃん……もしかして、見たの？」

「うん。再入院するちょっと前に。真維は離れていたから、お兄ちゃんたちは気づかなかったと思うけど、公園の休憩所でお兄ちゃんとお姉ちゃんがキスしたりエッチなことしてるのを、偶然見ちゃったの」

（うわぁ。気をつけていたつもりだったけど、よりによって真維ちゃんに見られていたなんて）

だが、そうわかって少年は最近の真維がどうしてワガママを言うようになったのか、理解できた。

おそらく少女は、姉と翔太が深い関係に進展していることを知り、好きな男性を取られたという嫉妬《しっと》心を抱いたのだろう。加えて、少年と少しでも長くいたいという焦りにも似た思いが、彼女を身勝手な言動に駆りたてていたのに違いない。

それからしばらく、二人は黙ったままストーブの前に座っていた。

なにか話したかったが、翔太には智佳の妹にかけるべき言葉がまるで思いつかない。

すると、真維のほうが少年を見つめて口を開いた。

「ねぇ？　お兄ちゃんも、真維が心臓の手術を受けたほうがいいと思う？」

「……そうだね。成功率が八割以上あるってことだし、成功したら元気になれるんだから、俺は受けたほうがいいと思うけど」

「でも、心臓だよ？　もしかしたら、失敗の二割に入るかもしれないんだよ？　もしも、お兄ちゃんが真維だったら、手術を受けられる？」

その問いに、翔太は返答に窮《きゅう》して黙りこんだ。

（確かに、自分の心臓にメスを入れるんだから、八十パーセント以上の成功率でも不安だろうな。けど……）

口にすることはいささかためらわれたが、翔太は自分の思いを口にすることにした。

「俺が真維ちゃんの立場でも、手術は躊躇《ちゅうちょ》するかもしれない。だけど、怖がってなにもしなかったら、結局なにも変わらないんじゃないか？　それとも、真維ちゃんはこのまま一生、発作《ほっさ》に怯《おび》えながら暮らすのかい？」

翔太の言葉に、今度は少女が答えられなくなって沈黙する。

「あのさ、もしかして真維ちゃんって、手術が失敗することより、今のままでいればみんなにずっと大事にしてもらえる、とか思ってない？」

「そんな……こと……」

と言いかけた真維だったが、その言葉は途中で途切れてしまった。どうやら、図星だったらしい。

心臓に病気を抱えた少女は、生まれてからずっとまわりから特別扱いを受け、大切にされてきた。しかし、手術に成功して元気になれば、おそらく自立を求められることになる。そのことへの不安や甘えていたいという気持ちが、心臓手術への恐れと相まって決断を妨《さまた》げてきたのだ。

「俺は、才能の限界を言いわけにしてサッカーをやめちゃったけど、今から思えば単にそれ以上の努力をすることから逃げただけだったんだ。だから、真維ちゃんが手術から逃げたくなる気持ちも、なんとなくだけどわかる気がする。でも……」

翔太はいったん言葉を区切って、少女の顔を改めて見つめた。

「俺は、やっぱり手術を受けるべきだと思う。それで、元気になった真維ちゃんの姿

「を見てみたい」

少年の真剣な思い。真維は「お兄ちゃん……」と目を潤ませた。見た目にも精神的にもやや幼さの残る少女のなかで、なにかが、なにかがはっきり変わりつつある。

真維はしばらくためらう素振りを見せていたが、やがてゆっくり口を開いた。

「あの……お兄ちゃん、お願いがあるの」

「ん？　なんだい？」

「お兄ちゃん、真維に変わる勇気をちょうだい」

少女がなにを望んでいるか、瞬間的に理解できない。

戸惑っていると、いきなり真維が抱きついて、唇を少年の口に押しつけてきた。ただ唇を合わせるだけの稚拙《ちせつ》なキス。しかし、突然の行動は翔太を驚かすには充分すぎる。

息をとめて唇を重ねていた少女は、間もなく苦しくなったのか「んはあっ」と声をもらして口を離した。

「ま、真維ちゃん？」

驚きの声をあげる翔太を、ツインテールの少女が頬をほのかに赤くし、はにかみながら見つめた。

「好き……真維も、お兄ちゃんが大好きなの。お兄ちゃんが、お姉ちゃんのことを好きでもかまわない。でも、真維にもお姉ちゃんみたいに……して、ほしいの」

思考がパニック状態になっていた少年も、ようやく彼女が望んでいることを悟《さと》った。

(け、けど……それは、かなりマズイのでは？)

という思いが、翔太の脳裏をよぎる。なにしろ、相手は中等部の、しかも智佳の妹だ。望みを叶えてあげることには、さすがに抵抗がある。

「お兄ちゃん、真維だってもう大人なんだよ。女の子のあれも……その、ちゃんと来てるし……」

少年が躊躇《ちゅうちょ》していると、心臓病の少女が今にも消え入りそうな声で言った。

真維の言葉がなにを示しているかは、男でもすぐにわかる。身長や身体つき、それに精神的にはまだ子供のようでも、その肉体は着実に大人への階段をのぼっている、ということだ。

中等部の少女による精いっぱいの告白に、翔太の心も大きく揺さぶられた。

「真維ちゃん……後悔しない？」

「しないよ。だって、お兄ちゃんだから……お兄ちゃんから、勇気をもらいたいの」

と、潤んだ瞳で見つめられて、少年もいよいよ覚悟を決めた。

（智佳、ゴメン。でも、真維ちゃんのためなんだ。許してくれよ）

そう心のなかで言いわけをすると、翔太は心臓病の少女の身体を抱き寄せ、今度は自分からキスをした。

5 高鳴る心臓

真維にとっては、翔太への告白は今まで生きてきたなかで、一番の勇気を必要とした決断だった。

（お姉ちゃんの恋人になった人と、エッチするなんて……）

ずっと、そんな抵抗感もあったのも事実だ。しかし、翔太を先に好きになったのは自分のほうだ。ここで身を引いてしまったら、彼の言う通り今後もなに一つ変えることができない気がする。

その少女の決意を悟《さと》ってくれたのだろう、今度は翔太のほうからキスをしてくれた。

少年は、真維の唇をついばむようにしたあと、口内に舌を差しこんできた。少女の舌に、柔らかくぬめった物体がネットリと絡みついてくる。恥ずかしさもあったが、全身が痺れるような甘美な刺激ももたらされる。

(ああ……真維がしたのとは違う、大人のキス……想像したことはあるけど、本当にお兄ちゃんにこんなキスをしてもらえるなんて、なんだか夢みたい)

姉と翔太の秘め事を目撃してからというもの、少女はしばしば家でこっそり股間をまさぐっていた。そのとき、こうして彼とキスをすることを考え、弱い心臓をドキドキ高鳴らせながら、ほのかな快感に浸っていたのだ。

舌を絡ませ、さらに歯茎の裏や口蓋を舐めまわされていると、心臓の鼓動がどんどんと速くなっていく。

(くうっ……ちょっと苦しいけど、すごく幸せ。もう、このまま心臓がとまったってかまわない)

そんな思いが、真維の脳裏をよぎる。

やがて、翔太が唇を離して少女の身体を横たえた。そして、パジャマに手をかけてボタンをはずし、前をはだける。

寝るときにうっとうしいこともあって、真維は普段パジャマの下にブラジャーを着けていなかった。そのため、はだけられた途端に小さな胸があらわになる。

予想外だったのか、少年の動きが一瞬とまった。

「は、恥ずかしい……真維、お姉ちゃんみたいに胸がないから……」

と、少女は思わず腕で胸を隠す。

真維は、幼児体型と言ってもいい貧相な身体つきに、実はずっとコンプレックスを持っていた。特に、姉の智佳のバストが対照的に大きいのが、ますます劣等感に拍車をかけていたのは間違いない。翔太は姉の裸も見ているはずなので、比較されるとあまりに惨めだ。

だが、少女の気持ちに気づいてくれたのか、翔太は小さく頭を振って優しく見つめた。

「そんなこと、関係ないよ。それに、真維ちゃんはこれから元気になって、うんと成長していくんだから」

彼の言葉に、少女の小さな胸の奥がじんわりと熱くなる。

（そうだよ。真維は手術を受けて、絶対に元気になるんだもん。その勇気が欲しくて、お兄ちゃんにしてもらおうって……）

初心を思いだした真維は、腕の力を抜いてつぶらなバストを少年の前にさらす。

すると、翔太がほとんどふくらみの存在がわからない乳房の片方を手で包みこんだ。

その手の感触に、少女は思わず「んっ」と声をもらして身体を強《こわ》ばらせてしまう。

少年がゆっくりと優しく手を動かし、胸を揉みはじめた。

「んっ……はっ……あっ……くすぐった……んんっ……」

ムズムズするようなもどかしさが、バストから全身に向かってひろがっていく。自分でいじったときも、最初は似たような感覚になる。しかし、大好きな人に触れている緊張もあるのか、今はなんとも言えない奇妙な感じだ。

しばらく胸を揉んでいた翔太が、空いている胸に顔を近づけてきた。そして、バストの中心部にある円形のピンクの蕾《つぼみ》にチュッと吸いつく。

「ああっ！　お、お兄ちゃん！　そんな……ダメ……んああっ！」

乳首を吸われた途端、真維の身体にビリビリと快電流が駆け抜けた。

少年は舌を巧みに使って、乳輪をなぞるように舐めまわし、時折り、小さな突起をツンツンと舌先で突っついた。当然、その間にもう片方の胸を手で揉むことも忘れていない。

「あんっ、やっぱりくすぐっ……ひゃあん！　そ、それ、ジンジンしちゃっ……ああんっ！　変、んんんっ、な……ああっ、感じぃ……」

双乳から異質の刺激が同時にもたらされて、少女の感覚は混乱していた。

（舌で乳首を舐められて……すごく感じる！　ああっ、手のほうもなんだか気持ちよくなってきたぁ）

揉まれているバストも、当初のくすぐったいような感じが徐々に薄れ、なんとも言えない心地よさが真維の肉体にひろがる。

「あっ……んっ……はぁ、はぁ……あんっ、あんっ、ああっ……はふぅぅぅん」

いつしか、真維は口から熱く甘い喘ぎ声をこぼしていた。

すると、翔太が胸から唇を離して少女の顔を見つめた。

「真維ちゃん、乳首が勃《た》ってきたよ」

と言われて、思わず自分のバストを見つめる真維。確かに、少年が口をつけていたところの頂点で、中心の蕾《つぼみ》が懸命に屹立して存在感をいちだんと増している。

それを目にした瞬間、心臓の鼓動がますます速くなり、発作《ほっさ》のときのような息苦しさが襲ってくる。

(でも、いつもはつらくて苦しいだけなのに、今はなんだか身体が熱くて、とっても幸せだよぉ……)

少女がそんな不思議な感覚に浸っていると、不意に翔太の手がパジャマのズボンの奥に滑りこんできた。

「あっ、そこはっ……」

思わず目をギュッと閉じ、太腿に力を入れて少年の指の侵入を拒む。

「どうしたの、真維ちゃん？」

「だって、そこ……恥ずかしいよぉ」

「ここをいじったこと、ないの？」

「ちょっとだけあるけど……ヤダ、もう。なに言わせるの、お兄ちゃん！」

つい本当のことを口走ってしまい、顔を火照《ほて》らせながらあわてて文句を言う真維。

「だったら、ここをしっかり濡らさないと、エッチできないのもわかるだろう？」

翔太の言葉に、「う、うん……」とうなずいたものの、初めてのことへの恐怖心はそう簡単に拭《ぬぐ》えない。

「イヤなら、もうやめようか？」

いきなり言われて、真維は思わず「えっ？」と目を開けて年上の少年を見る。すると、翔太が真剣な顔でこちらを見つめていた。

今、もしもうなずいたら、彼は本当に行為をやめてくれるだろう。

（でも、それでいいの？　ここでやめちゃったら、結局なにも変えられない。それに、お姉ちゃんとお兄ちゃんの関係は、もっと先まで進んでいるんだし……）

悲しくなって途中で逃げてしまったので、二人の行為のすべてを見たわけではない。

しかし、翔太に貫かれ、休憩所の壁から上体を突きだした姉が気持ちよさそうに喘いでいる姿は、少女の脳裏にはっきり焼きついている。

（ダメ！　今やめちゃったら、きっとお兄ちゃんは真維のことを「カノジョの妹」としか見てくれなくなっちゃう！　そんなの、絶対にイヤ！）

おそらく、今こうしてくれているのも、愛情より同情に近い気持ちからだろう。

（たとえそうでも、真維は大好きなお兄ちゃんと一つになって、自分の弱さを乗り越えたい）

そんな気持ちがあったから、目の前の少年に告白したのではなかったのか。

思い直した真維は、膝から力を抜いて四肢を床に投げだした。

「……つづけて。ちょっと怖いけど、真維はお兄ちゃんに、して……ほしいの」

真剣な思いが伝わったのだろう、翔太も大きくうなずいてくれる。

「わかったよ。それじゃあ……」

少年が真維のパジャマのズボンに手をかけ、力をこめてズリおろした。腰を浮かせると一気に脱がされて、白地に苺《いちご》のプリントが入ったパンティーがあらわになる。

翔太はズボンを傍《かたわ》らに置くと、内腿をサワサワと撫でまわしはじめた。

「んっ……ふっ……あんっ……」

ムズムズするような、くすぐったさを伴う心地よさが、太腿から脊髄《せきずい》を伝わって脳にひろがる。

（でも、イヤじゃない。なんだか不思議。太腿を撫でられているだけで、こんなに気持ちいいなんて……）

真維がうっとりしている隙に、少年の愛撫が次第に股間の根元へと近づいてきた。だが、快楽に酔っている少女はそのことに気づかない。

そして、ついに翔太の指がパンティーの上から秘部をとらえた。

真維は思わず「あっ」と声をもらし、身体に力をこめてしまう。だが、唇を噛みしめてそれ以上声を出すのは、どうにかこらえる。

「真維ちゃん、少し濡れてるね」

「そんな……真維、おかしいのかな？」

不安になって聞くと、年上の少年が首を横に振った。

「いや、これが普通だよ。それに、俺の愛撫で感じてくれた証拠なんだから、すごく嬉しいよ」

と言うと、翔太が布地の上から指先で秘裂を優しくこすりはじめた。

「ひゃんっ！　んんっ、んあっ、くすぐった……ああっ、んっ、はっ、んんっ、んふぅうぅ！」

はじめはくすぐったく感じた刺激が、たちまち快楽へと切り替わり、少女の口からは自然に熱い喘ぎ声がこぼれる。

翔太がさらに指を動かして、布地越しの刺激を強めた。

「あっ、ふっ……あんっ、あんっ、あんっ……ふぁひゃんっ、お、お兄ちゃんっ、あっ、それ、いいっ！」

股間から身体を貫く快感に、酩酊《めいてい》状態になった少女は無意識に腰を浮かせてしまう。その隙に、翔太がパンティーを素早く脱がしてしまった。これで、真維の身体を隠すものはパジャマの上着だけだ。

さらに少年は脚の間に入って、股間に顔を近づけてきた。

「真維ちゃんのここ、まだ毛が生えてないんだね？」

「あっ、ヤダ。恥ずかしいよ」

と足を閉じようとしたが、すでに間に入りこまれているのでそれはかなわない。

恥毛が生えていないのもさることながら、大好きな少年に性器を見られていることがなにより面映《おもは》ゆい。

だが、翔太は少女の気持ちなどどこ吹く風と言った様子で、遠慮なしにいちだんと顔を秘裂へと近づけた。

そして、とうとう少年は真維のもっとも恥ずかしいところに口づけをした。

「あひっ！　お兄ちゃ……そこ、口をつけるとこじゃ……んあああっ、きたな……あああっ！」

なんとか抗議しようとしたが、舌で舐められた瞬間に背筋を駆けあがった快電流に言葉を遮《さえぎ》られてしまう。

「別に、汚くなんてないよ。それに俺、真維ちゃんにもっと感じてもらいたいんだ」

そう言って、少年は再び秘裂に舌を這わせた。

「あっ、はうっ！　ああっ、そん……はあぁんっ！　あんっ、あんっ、ああっ、痺れちゃうぅぅ！」

指とは違うモノが股間を這いまわる感触が、少女の全身にとてつもない快感を作りだし、熱い喘ぎ声が勝手に口をついて出る。

真維が充分に快感を得ていると見抜いたのだろう、少年が秘裂を指でひろげて内側に舌を這わせた。

「あんっ、はうぅぅっ！　それ、ひゃんっ、すごっ……あふっ、いいぃぃっ！　あふうぅん！」

翔太の舌の動きに合わせて、甲高《かんだか》い声が自然にこぼれた。いつしか恥ずかしさが薄れていき、快感をもっと味わいたいという気持ちだけが心を支配していく。

「ああっ、お兄ちゃん、もっと……あんっ、もっと気持ちよくしてぇ！」

快楽に溺れた少女が訴えると、翔太が股間を舐めながら、両手を小さな胸に伸ばしてきた。そして、二つのピンクの突起を同時につまむ。

すでに身体中が敏感になっているため、それだけで背筋に鮮烈な快感が駆けめぐるのを感じて、真維は「はうっ」と声をもらし、大きくのけ反ってしまう。

少年は股間を舐めながら、指で両方の乳首をクリクリといじりはじめた。

「ひゃうううっ！　お兄ちゃんっ、それっ……あああっ、あんっ、あんっ、ダメ！真維、感じすぎて……ふぁああっ、悪い子になっちゃうよぉ！」

少女は、股間と乳首からもたらされる強烈な快感に、激しく頭を振って叫んでいた。三点から襲いくる心地よさは想像を絶するもので、身体というより心がどうにかなってしまいそうな気がする。

だが、翔太は乳首をつまんだままいったん口を離し、

「いいじゃん。こういうことなら、いっぱい悪い子になっちゃいなよ」

と言うと、再び股間に口をつけてきた。

「ああんっ！　お兄ちゃん、熱い！　真維、なんだか変だよっ！　はうっ……真維、

怖いの！　ああっ、おかしくなるぅ！」

身体の奥に灼熱の塊《かたまり》が発生したのを感じて、真維は叫んでいた。

自分が自分ではなくなってしまうような恐怖が、胸の奥に湧きあがっている。しかし、心のどこかではそうなりたいと思っている。

そんな矛盾した感情を無視して、翔太の愛撫に反応して風船のようにふくらんだ熱の塊は、たちまち限界点を迎えた。

「あっ、あっ、なにかが来て……ダメ、ダメっ！　真維、もうダメぇぇぇぇぇ！」

身体の内部で熱が爆発し、少女はおとがいを反らして絶叫した。

全身が強《こわ》ばり、股間の奥から尿とは違う液体を噴出して少年の口を汚す。しかし、翔太は口をつけたままそれを喉に流しこんでいく。

間もなく、真維は身体から一気に力が抜けていくのを感じながら、グッタリと床に四肢を投げだした。

「真維ちゃん、平気？」

口を拭《ぬぐ》いながら、少年が聞いてくる。

「うぅ～ん……真維、どうしちゃったのぉ？　すごく気持ちよくて……身体に力が入らないよぉ」

「あれが、イッたってことだよ。真維ちゃん、潮吹きするくらい、感じてくれたんだね?」

「イッた?……潮吹き?……感じた……とっても、すごかったぁ……なんだかよすぎて、クセになっちゃいそうだよぉ」

幸せな気持ちに満たされながら、少女は快感の余韻《よいん》に浸る。

「それじゃあ、挿《い》れるよ……と言いたいけど、この足だからなぁ。真維ちゃん、上に来てくれる?」

翔太が足を伸ばして床に座り、ズボンとパンツを脱いだ。

真維は朦朧《もうろう》としながらも、「うん」とうなずいて身体を起こす。そのとき、少女は彼の股間にそそり立つ一物を目の当たりにした。

「きゃっ! お兄ちゃん、それ……」

驚きのあまり、目を丸くして手で自分の顔を覆う真維。だが、そうしながらも指の隙間からしっかりモノを見てしまう。

「あっ、うん。興奮すると、チ×ポはこうなるんだよ」

「コーフン……お兄ちゃん、真維に興奮してくれたんだ?」

と聞くと、翔太がなんとも曖昧《あいまい》な笑みを浮かべた。実のところ、クンニリングスなどしていれば当然と言ってもいい反応だが、男性経験のない少女がそれを知るはずもない。

真維は、パジャマの上着を羽織ったまま、少年の分身に顔を近づけた。

ペニス自体は、同室に男の子もいるため何度か見たことはあるが、勃起しているモノを目にしたのは初めてだ。もちろん、知識としては男の反応も知っていたので、恐れよりも好奇心のほうが先に立つ。

「ねぇ？　これ、舐めるとお兄ちゃんも気持ちいいんだよね？」

「うん……まぁ、ね」

「さっき、真維ばっかり気持ちよくなっちゃったし、今度は真維がお兄ちゃんにしてあげる」

翔太に悦んでもらいたい一心で、少女はおっかなびっくり肉棒をつかんだ。

「うわあ……なんだか生温かくて、少しピクピクしていて……変な感じ」

つい感想をもらすと、少年が複雑そうな顔でそっぽを向く。やはり、自分の性器の感想を言われるのは恥ずかしいのだろう。

（そういえば、この前、読んだ雑誌のエッチ特集に、これを口のなかに入れてあげると男の子が悦ぶって、書いてあったっけ）

と思いだした真維は、口を大きく開けた。だが、小柄な少女の小さな口と勃起した一物ではサイズが微妙に合わず、亀頭にキスをしたところで限界が来てしまった。いや、もしかすると男性器を口に含むことへの拒絶感が、無意識に働いているのかもしれない。

「真維ちゃん、無理しなくていいよ」

翔太に優しく声をかけられ、情けない思いをしながらペニスから口を離す。

(真維がもっとおっきくなったら、絶対にできるようになるんだから)

そんな誓いを立てながら、少女は身体を起こして肉棒の上に移動した。

再び少年の竿を握り、自分の股間に亀頭の先端をあてがう。すると、ムズムズするような感覚が接点から訪れた。

「お兄ちゃん、これでいいの？」

「そう。そのまま腰をおろして。ちょっと痛いかもしれないけど、我慢してね」

「うん……うっ……」

初めてのことへの恐れをどうにか振り払い、少女は思いきって腰をおろした。しかし、力の加減がわからず、勢いがつきすぎて一気に少年の膝の上にヒップを落としてしまう。

「うあああああぁぁぁぁぁ！　い、痛いぃぃぃぃぃっ！」

悲鳴をあげて、少年にきつく抱きつく真維。全身に激痛が走り、身体の奥に真っ赤に熱せられた鉄の棒を強引にねじこまれたかのような衝撃が、少女の脳天まで突き抜ける。

「真維ちゃん、大丈夫？　ちょっと、勢いが強すぎたみたいだけど」

と聞かれたものの、とても答える余裕はない。ただ、唇を噛んで「ううっ……」と苦悶の声をもらすのが精いっぱいだ。

目からも、自然に熱い涙が溢れてくる。それを、翔太が拭《ぬぐ》い取ってくれた。

「しばらく、ジッとしてなよ。無理に動くと、痛いだけだろうから」

少年の言葉に、真維は首を小さく縦に振った。

結局、少女がある程度の落ち着きを取り戻すまで、それからしばらく時間がかかった。ジッとしていたこともあって、痛みは少しずつ鎮《しず》まってきたが、今度は股間が熱いモノによって内側から押しひろげられる奇妙な違和感が訪れる。

「ううっ……なんか、変な感じだよぉ。でも……真維、お兄ちゃんと一つになってるんだよね？」

「ああ、そうだよ。俺のチ×ポが、真維ちゃんのなかに入っているんだ」

少年の言葉で、真維の胸の奥に痛み以外の熱いものがこみあげてきた。

結合部の熱さは、先ほどと変わっていない。また、生温かくネットリした赤いものの感触も残っていて、あまり気持ちはよくなかった。しかし、それがすべて大好きな翔太と結ばれた証《あかし》だと思えば、充分に我慢できる。

「すごい……お兄ちゃんのが、真維の奥まで……わかるよ、はっきり」

「そろそろ大丈夫かな？　真維ちゃん、ゆっくり動いてごらん。最初は上下じゃなくて、回転させるみたいにして。無理はしなくていいから、痛くないようにね」

なにをどうしていいかわからない少女は、「うん」とうなずいて翔太の指示通りに小さく腰を揺すってみた。

「あっ……んっ……はんっ……いやっ！」

少し動いただけで、内側をグリグリとえぐられる感覚が訪れて、真維は思わず腰をとめてしまった。

「もしかして、まだ痛い？」

「ち、違うの。ちょっと痛いけど……なかでオチン×ンが動いて、変な感じだから」

「じゃあ、少し我慢して、そのまま動いてくれる？」

翔太に言われて、少女は「う、うん」と再び腰を小さく動かしはじめた。すると再度、身体の奥がシャフトでかきまわされる感触が甦《よみがえ》った。しかし、今度は歯を食いしばってそのまま動きつづける。

「んっ……はっ……あっ……んんんっ……な、なんか……ああっ、だんだん……」

少しずつだが、痛み以外のなにかが真維の身体の内側を駆けめぐりはじめた。

「あっ、あっ……はうっ……はああっ、な、なに、これぇ？　あんっ、真維、なんか変だよぉ！」

肉体に生じはじめた感覚の変化に戸惑い、少女は翔太の首に腕をまわしてギュッと抱きついた。

なおも腰を揺すりつづけていると、だんだん痛みが麻痺《まひ》していき、次第に心地よさが身体全体にひろがりはじめた。

「どう、真維ちゃん？」

「あんっ、あんっ、き、気持ちいい！　はうっ、お兄ちゃんのオチン×ンが、あはあんっ、気持ちいいのぉ！　ああっ、すごい！　こんなのって……はうぅんっ、腰がとまんないよぉ！」

真維は、いつの間にか快楽の虜《とりこ》になって、腰の動きを自然に大きくしていた。

「くうっ……真維ちゃんのオマ×コが、俺のチ×ポをグイグイ締めつけてくる。すごく気持ちいいよ」

「はうっ、イヤぁ！　そんなこと……ああっ、言わないでぇ！　でも、あふぅんっ、気持ちいいのぉ！　あん、あんっ、おかしくなる！　もっと、もっとぉ！」

少女は左右にまとめた髪の尻尾を振り乱しながら、腰の動きをさらに加速させた。

自分でも、わけのわからないことを口走っているという自覚はあったが、ひとたび快感に溺れてしまうと、もう抑えることはできない。

「それじゃあ、身体を反らして後ろに手をつくんだ」

と、翔太が新たな指示を出してくる。

少女は言われた通りに背を反らし、床に手をつく。

すると、翔太も後ろに手をついて、腰を突きあげはじめた。どうやら、右足の踏んばりがきかないぶんを手で補っているらしい。いわゆる「こたつ隠れ」と言われる体位に限りなく近いが、真維がそれを知るはずもない。

「ひゃあああんっ！　これ、すごいぃぃぃ！　ああっ、こんなのって……はううっ、こんなのってぇぇ！」

自らの腰の動きだけでなく、翔太のピストン運動も加わったことで、少女は今までに経験のない鮮烈な快感に酔いしれた。

少年が動くたびに、子宮口にペニスの先端がコツコツと当たり、そのたびに身体の内側に電気を流されているような刺激が脳天まで駆け抜けていく。もう破瓜《はか》の痛みも気にならず、むしろ時折り生じる痛みさえも快感にすり替わって、少女を高みへと導いてくれる。

やがて、真維は自分の身体の奥に再び生じた熱が、超新星爆発を起こす直前の白色《はくしょく》矮星《わいせい》のように大きくなるのを感じた。

「あふうぅっ！　ああっ、お兄ちゃん！　真維、またイッちゃうよぉぉぉ！」

「俺も、そろそろ出そう……」

ついに、翔太が苦しそうにうめいた。

少女のなかで、ペニスがヒクついている。それが限界直前の男の反応だということは、真維にも想像がつく。

「ああっ、いいよ、出して！　あんっ、真維のなかに、はううっ、お兄ちゃんのセーエキ、いっぱい注いでぇ！」

「くっ。でも、それは……」

と、少年が躊躇《ちゅうちょ》する。

「お願い、お兄ちゃん！　お兄ちゃんの勇気、真維のなかに欲しいのぉ！」

「……わかったよ。それじゃあ、いくよ」

そう言うと、翔太も覚悟を決めたのか腰の動きを速くした。

真維も、彼に合わせて腰を小刻みに動かす。二人の動作のタイミングがピッタリ合い、少女の快感のボルテージが一気に頂点に達した。

「ああ、あっ、あっ、あっ、あっ……あっ、熱いのが……んんんんっ！　真維、飛んじゃうううううううううううぅぅぅぅぅぅぅぅ!!」

熱い液体が子宮口に当たり膣内にひろがった瞬間、真維はそれまで経験したことのない高みへと昇りつめた。

脳のなかで熱いものが爆発を起こして無数の星が飛び散ったあと、思考だけでなく目の前も真っ白になる。だが、それは宇宙遊泳でもしているかのような浮遊感をもたらしてくれる。

（ああ……すごく幸せだよぉ）

しばらく身体を痙攣《けいれん》させていた少女は、精の放出が終わるのを感じると、翔太の胸に崩れ落ちるように顔を埋めた。

「真維ちゃん、平気？」

「うん……すごく、いい気持ち……ずっとこうしていたいよ、お兄ちゃん」

すると、少年が背中に手をまわして力強く抱きしめてくれた。

今までに味わったことのない幸福に浸りながら、真維は自分のなかにまったく新しいなにかが生まれつつあるのを感じていた。

6 祈り、そして

数時間後、雪が小降りになったのを見計らって公園にやってきた智佳たちによって、翔太と真維は無事に救助された。もちろん、そのときにはセックスの痕跡を綺麗に処理してあったので、妙な勘ぐりを受けることはなかったが。

ただ、案の定と言うべきか、いくら電気ストーブで暖まっていたとはいえ、真維の容態は入院前よりかなり悪化していた。ところが……。

「真維、手術を受ける」

病院に戻った少女が発した言葉は、周囲を驚かせた。

あれほど頑《かたく》なに手術を拒んでいた真維が、どうして思いきった決断をしたのか。真の理由を知っているのは、本人を除けば翔太しかいない。

こうして母親の了承も得て、ただちに手術の日程が組まれた。

そして、新年まで残り数日となった手術の当日。

私服の智佳と母親、ナース服の仁美、そして退院した翔太が見守るなか、ストレッチャーに寝た真維が手術室前に運ばれてきた。

「それじゃあ、いってくるね」

ツインテールの少女が、翔太たちのほうを見て笑顔で言う。

「真維ちゃん、先生を信じて、それから自分を信じて、必ず元気になるのよ」

仁美が話しかけると、真維は小さくうなずいた。

「うん。真維、きっと元気になるから」

「……真維、大丈夫だからね。お母さん、外で祈っているから」

少女の母が、涙目になりながら声をかける。

「うん。ありがとう、お母さん。でも、泣かないでよ。まるで、手術が失敗するみたいじゃない」

「そうだね……ゴメンね。きっと成功するわ。だから、もっと元気な顔を、あとでお母さんに見せてちょうだい」

と、母親がどうにか笑顔を作った。

しかし、娘を心配する母の気持ちが、翔太にも痛いくらいに伝わってくる。

つづいて、智佳が複雑な表情で「真維……」と声をかける。すると、少女が姉のほうを見た。

「お姉ちゃん、いろいろ迷惑をかけてゴメンね」

「ううん、いいのよ。それより、早く元気になってね」

「うん。でも、真維が元気になったら、お兄ちゃんのことを取っちゃうんだから。えへへ……」

と、姉に微笑みながら宣戦布告する真維。

「ふふ……楽しみにしているわ。お姉ちゃんだって、真維には負けないんだから」

智佳も、ようやく笑顔を見せた。だが、気丈に振る舞っているが、母親と同様に今にも泣きだしそうなのを必死にこらえているのが、端から見ているとよくわかる。

翔太も、松葉杖をついて少女の傍《かたわ》らに近づいた。

「真維ちゃん、その……」

少年は、それ以上言うことができなかった。なんとか励ましたかったものの、どうにもいいセリフが浮かばない。顔を見るまではあれこれと考えていたのだが、いざとなるとどんな言葉も空虚に思えて、なにも言えなくなってしまう。

すると、少女が手を伸ばして翔太の手に軽く触れた。

「お兄ちゃんのおかげで、真維は勇気を持てたの。だから、きっと待っててね」

と、満面の笑みを浮かべる真維。

「……うん、待ってるよ。だから、必ず元気になるんだ」

「ありがとう。大好きだよ、お兄ちゃん」

翔太が離れると、ナースがストレッチャーごと真維を手術室へと運び入れた。

重たそうな扉が閉まり、少女の姿が見えなくなる。

そして間もなく、手術室のドアの上にある「手術中」のランプが点灯した。

退院　君といる幸せ

春、桜が舞い散るなか、翔太は智佳とともに「水原家之墓」と書かれた墓の前に来ていた。

二人が出会ってから、すでに一年以上の月日が流れ、それぞれに肉体的にも精神的にも成長したのではないか、という気がする。

「ほら、見て。今日は、戴帽式《たいぼうしき》だったのよ」

と、聖凜学園看護科の専攻科の真新しい制服に身を包んだ智佳が、しゃがんで真新しいナースキャップを墓前に差しだす。

戴帽式は、本格的に看護の道を歩みはじめる者に、その証《あかし》となる本物のナースキャップを与える儀式である。式をいつやるかは学校によってまちまちだが、聖凜学園の看護科では高等部から専攻科に進んだ際に行なわれている。

もちろん、正規の看護師になるには国家試験を受けて合格しなくてはならない。戴帽式を迎えても、まだ道半ばでしかないのだ。それでも、ナースを志す者にとって、この式は一つの区切りになる。

そのため、式の諸々《もろもろ》の行事などを終えたあと、智佳が翔太を誘ってこうして墓前に報告しに来たのだった。

「あとね、翔太も昨日、大学の医学部の入学式だったの。あたしたち、お互いの夢に一歩近づいたのよ」

と、智佳が少年を見つめる。

真維の一件があってから、翔太は「人の命を救う仕事がしたい」と思うようになり、医師を志すことを決意した。

もっとも、聖凜医大はレベルが非常に高く、高等部の段階から医学を教えている「医療科」の生徒ですら現役で入れる保証がない。そのため、医療科からも受験に失敗する者が毎年、多数出ると言う。

そんなところに普通科から、しかも極めて平凡な成績だった少年が入るのはほとんど不可能と、教師たちですら言っていた。

しかし、ようやく新しい目標を見つけた翔太は、周囲が驚くような集中力で勉強をつづけた。そして、奇跡的に現役での医学部合格を果たしたのである。

「あたしたちのこと、これからもずっと見守っていてね」

と、ナース候補生の少女が墓に手を合わせて目を閉じた。翔太も彼女の隣りにしゃがんで、墓前に祈りを捧げる。

それから二人は立ちあがり、どちらからともなく相手の手をしっかりと握った。そのとき。

「あーっ！　お姉ちゃん、ズルイ!!」

不意に、背後から甲高《かんだか》い大声が聞こえてきた。

振り向くと、そこにはトレードマークのツインテールの髪を振り乱すように走ってくる少女の姿があった。彼女は、腕に大きな花束を抱えている。

以前は走ることもままならなかった真維も、今ではすっかり元気になっていた。体つきもやや大人びてきていて、まだ発展途上ながら出るところがしっかり出つつある。

「まったく、もう！　真維がお花を買ってる間に、抜け駆けするなんて！」

プンプン怒りながら、少女は翔太と姉の間に割りこんで墓前にしゃがみこんだ。

「お父さん、お花だよ。お姉ちゃんがなにを言っていたかは知らないけど、真維だって大好きなお兄ちゃんのために、いっぱいがんばってるんだから。来年には、真維も高等部の看護科に入って、ナースを目指すんだもん！」

と、花を供えながら真維が元気よく宣言する。

智佳が妹の隣りに改めてしゃがんで、再び手を合わせながら目を閉じた。

「お父さん。真維ったら、手術が成功してから本当に元気になっちゃって……あたしと翔太のこと、邪魔ばっかりして困っちゃうのよ」

「ぶー。邪魔ってなぁに？　お兄ちゃんだって、真維とデートしてたら楽しいって言ってくれるもん」

それを聞いて、智佳が頬をヒクつかせながら少年をにらみつけてきた。

「ちょっと、翔太？　あたしに隠れて、真維とデートしてるわけ？」

「あ～、う～……ま～、なんだ。いろいろあってねぇ……」

どうにも言いわけが思いつかず、翔太は言葉を濁《にご》すしかない。

少年が真維とも関係を持ったことは、智佳もすでに知っている。このことに関しては、事情が事情だっただけに彼女も許してくれた。だが、実はツインテールの少女が元気になってからも、翔太は何度もデートをしたり、誘惑されてつい手を出していたりする。

もちろん、智佳のことが好きなのは絶対に間違いない。それでも、真維には真維のよさがあるし、なによりその一途《いちず》さと強引さの前には、医大一年生も形なしなのだ。

一方、仁美の関係はもう完全に解消していた。むろん、微笑みを絶やさない美人ナースは、今でも聖凜総合病院で元気に働いている。しかし、翔太が智佳と深い絆《きずな》を築きあげた以上、二人の関係に割りこむ気はないのだ。

看護婦という仕事に理解を示さない恋人と別れた過去を持つ白衣の天使だが、いつかきっと素敵な相手を見つけることだろう。

「お父さん。真維ね、今はお兄ちゃんが、お姉ちゃんのことを好きでもいいの。でも、絶対にいつか、お兄ちゃんが『真維のほうがいい』って言ってくれるように、いっぱいがんばるから。お父さんは、真維のことを応援してね」

「あら、そうはいかないわよ。お父さんは、あたしの味方よね？」

目を閉じながら、姉妹が競い合うように墓前に手を合わせる。

（ま、死んだ人がどっちを応援するかなんて、わかるわけがないけど）

などと少年が思っていると、智佳と真維は同時に目を開けて立ちあがり、両脇から腕を絡めてきた。

「お、おいおい、二人とも……」

戸惑う翔太をよそに、姉妹が胸を押しつけて両方から顔を近づけてくる。

「ねえ、翔太。今日はせっかくの戴帽式だったんだし、翔太の医大入学祝いも兼ねて、一緒にどこか出かけましょう?」

「ダメだよ。お兄ちゃんは、これから真維とお茶するの! ね、ね、そうだよね?」

「あ〜、う〜……」

二人から積極的な誘いを受けると、なんとも返事のしようがない。

(体が二つあったらなぁ……って言うか、いっそみんなで仲よく一緒にエッチでもしちゃおうか)

などと不埒《ふらち》なことを考えながら、翔太は自分に夢を与えてくれた姉妹との深い絆《きずな》に、大きな幸せを感じていた。

美少女文庫
FRANCE SHOIN

看護《かんご》しちゃうぞ♥
見習《みなら》いナースは同級生《どうきゆうせい》

著者／河里一伸（かわざと・かずのぶ）
挿絵／ひよひよ
発行所／株式会社フランス書院
〒112-0004　東京都文京区後楽 1-4-14
電話（代表）03-3818-2681
　　（編集）03-3818-3118
URL http://www.france.co.jp
振替　00160-5-93873
印刷／誠宏印刷
製本／宮田製本

ISBN4-8296-5764-2 C0193

美少女文庫
FRANCE SHOIN

◆◇◆ 好評発売中！◆◇◆

美少女文庫
FRANCE SHOIN

◆◇◆ 好評発売中！◆◇◆

美少女文庫
FRANCE SHOIN

◆◇◆ 好評発売中！◆◇◆